Gereiztheit, eigentümlich Bösartiges bestimmte von vornherein die Atmosphäre bei diesem Ferienaufenthalt in Norditalien, Mitte der zwanziger Jahre; »diese Leute… machten soeben etwas durch, so einen Zustand, etwas wie eine Krankheit…, nicht sehr angenehm, aber wohl notwendig«; das ungute Gefühl wird sich steigern und, nicht nur für die Gäste, durch die alles übersteigernde Gestalt und Wirkung des Zauberers Cipolla, »dieses allzu Sicheren«, zum tragischen, letztendlich jedoch befreienden Ende führen. Mit dem Bemerken, »wer zu gehorchen wisse, der wisse auch zu befehlen, und ebenso umgekehrt; der eine Gedanke sei in dem anderen einbegriffen, wie Volk und Führer ineinander einbegriffen seien, aber die Leistung, die äußerst strenge und aufreibende Leistung, sei jedenfalls seine, des Führers und Veranstalters, in welchem der Wille Gehorsam, der Gehorsam Wille werde«, verlockt und verblendet dieser »Typus des Scharlatans, des marktschreierischen Possenreißers« sein Publikum und hypnotisiert es zu einer »trunkenen Auflösung der kritischen Widerstände«. In Mario, dem jungen Kellner, glaubt er, sich steigernd, schließlich ein Opfer gefunden zu haben, das er aufs tiefste demütigen, ja vergewaltigen kann, ohne mit der Würde des Menschen rechnen zu müssen. Wie stark die »politisch-moralische Anspielung, in Worten nirgends ausgesprochen«, aus dieser Erzählung bereits bei ihrem ersten Erscheinen 1930 wirkte, spiegelt sich in Julius Babs Rezension: »Wenn Mussolini etwas von Kunst verstände, müßte er diese Novelle in Italien verbieten lassen.«

Thomas Mann wurde am 6. Juni 1875 in Lübeck geboren. Der frühe Tod des Vaters – »sein Bild hat immer im Hintergrund gestanden all meines Tuns« – ließ ihn mit der Mutter nach München ziehen, mit dem älteren Bruder Heinrich von dort weiter nach Italien. Die augenfälligen und die ideellen Eindrücke dieser Jahre fanden ihren Niederschlag zunächst im ersten, genialen, 1929 mit dem Nobelpreis ausgezeichneten Roman ›Buddenbrooks‹, später, gefiltert, erweitert, erfahren, im ›Doktor Faustus‹. Bewußte Ordnung charakterisiert Thomas Manns Leben und Schreiben. »Meine Bücher« – die genannten und ›Königliche Hoheit‹, ›Der Zauberberg‹, ›Joseph und seine Brüder‹, ›Lotte in Weimar‹, ›Der Erwählte‹, ›Bekenntnisse des Hochstaplers Felix Krull‹ – »meine Bücher sind unverkennbar deutsch, bestimmt von deutscher Tradition, wie sonderbar immer diese Tradition darin abgewandelt scheinen mag.« Dies gilt ebenso für die Fülle seiner Erzählungen und Aufsätze aus der Zeit in Deutschland, den Jahren im Exil, den Jahren der Rückkehr nach Europa. Am 12. August 1955 ist Thomas Mann in Zürich gestorben.

*Weitere Informationen finden Sie auf*
*www.fischerverlage.de*

# Thomas Mann
# Mario
# und der Zauberer
*Ein tragisches*
*Reiseerlebnis*

FISCHER Taschenbuch

35. Auflage: April 2021

Erschienen bei FISCHER Taschenbuch

Ungekürzte, anhand des Erstdrucks Berlin 1930
neu durchgesehene Ausgabe
Frankfurt am Main, April 1989

Copyright 1930 by S. Fischer Verlag, Berlin
Gesamtherstellung: CPI books GmbH, Leck
Printed in Germany
ISBN 978-3-596-29320-9

# Mario und der Zauberer

Die Erinnerung an Torre di Venere ist atmosphärisch unangenehm. Ärger, Gereiztheit, Überspannung lagen von Anfang an in der Luft, und zum Schluß kam dann der Choc mit diesem schrecklichen Cipolla, in dessen Person sich das eigentümlich Bösartige der Stimmung auf verhängnishafte und übrigens menschlich sehr eindrucksvolle Weise zu verkörpern und bedrohlich zusammenzudrängen schien. Daß bei dem Ende mit Schrecken (einem, wie uns nachträglich schien, vorgezeichneten und im Wesen der Dinge liegenden Ende) auch noch die Kinder anwesend sein mußten, war eine traurige und auf Mißverständnis beruhende Ungehörigkeit für sich, verschuldet durch die falschen Vorspiegelungen des merkwürdigen Mannes. Gottlob haben sie nicht verstanden, wo das Spektakel aufhörte und die Katastrophe begann, und man hat sie in dem glücklichen Wahn gelassen, daß alles Theater gewesen sei.

Torre liegt etwa fünfzehn Kilometer von Portoclemente, einer der beliebtesten Sommerfri-

schen am Tyrrhenischen Meer, städtisch-
elegant und monatelang überfüllt, mit bunter
Hotel- und Basarstraße am Meere hin, breitem,
von Capannen, bewimpelten Burgen und brau-
ner Menschheit bedecktem Strande und einem
geräuschvollen Unterhaltungsbetrieb. Da der
Strand, begleitet von Piniengehölz, auf das aus
geringer Entfernung die Berge hernniederblik-
ken, diese ganze Küste entlang seine wohnlich-
feinsandige Geräumigkeit behält, ist es kein
Wunder, daß etwas weiterhin stillere Konkur-
renz sich schon zeitig aufgetan hat: Torre di Venere, wo man sich übrigens nach dem Turm,
dem es seinen Namen verdankt, längst verge-
bens umsieht, ist als Fremdenort ein Ableger
des benachbarten Großbades und war während
einiger Jahre ein Idyll für wenige, Zuflucht für
Freunde des unverweltlichten Elementes. Wie
es aber mit solchen Plätzen zu gehen pflegt, so
hat sich der Friede längst eine Strecke weiter
begeben müssen, der Küste entlang, nach
Marina Petriera und Gott weiß wohin; die Welt,
man kennt das, sucht ihn und vertreibt ihn, indem sie sich in lächerlicher Sehnsucht auf ihn
stürzt, wähnend, sie könne sich mit ihm ver-
mählen, und wo sie ist, da könne er sein; ja,

wenn sie an seiner Stelle schon ihren Jahrmarkt aufgeschlagen hat, ist sie imstande zu glauben, er sei noch da. So ist Torre, wenn auch immer noch beschaulicher und bescheidener als Porto-clemente, bei Italienern und Fremden stark in Aufnahme gekommen. Man geht nicht mehr in das Weltbad, wenn auch nur in dem Maße nicht mehr, daß dieses trotzdem ein lärmend ausver-kauftes Weltbad bleibt; man geht nebenan, nach Torre, es ist sogar feiner, es ist außerdem billiger, und die Anziehungskraft dieser Eigen-schaften fährt fort, sich zu bewähren, während die Eigenschaften selbst schon nicht mehr be-stehen. Torre hat ein Grand Hôtel bekommen; zahlreiche Pensionen, anspruchsvolle und schlichtere, sind erstanden; die Besitzer und Mieter der Sommerhäuser und Pineta-Gärten oberhalb des Meeres sind am Strande keines-wegs mehr ungestört; im Juli, August unter-scheidet das Bild sich dort in nichts mehr von dem in Portoclemente: es wimmelt von zetern-dem, zankendem, jauchzendem Badevolk, dem eine wie toll herabbrennende Sonne die Haut von den Nacken schält; flachbodige, grell bemalte Boote, von Kindern bemannt, deren tönende Vornamen, ausgestoßen von Ausschau haltenden Müttern, in heiserer Besorgnis die Lüfte erfüllen, schaukeln auf der blitzenden Bläue, und über die Gliedmaßen der Lagernden tretend bieten die Verkäufer von Austern, Getränken, Blumen, Korallenschmuck und Cornetti al burro, auch sie mit der belegten offenen Stimme des Südens, ihre Ware an.

So sah es am Strande von Torre aus, als wir kamen – hübsch genug, aber wir fanden dennoch, wir seien zu früh gekommen. Es war Mitte August, die italienische Saison stand noch in vollem Flor; das ist für Fremde der rechte Augenblick nicht, die Reize des Ortes schätzen zu lernen. Welch ein Gedränge nachmittags in den Garten-Cafés der Strandpromenade, zum Beispiel im »Esquisito«, wo wir zuweilen saßen, und wo Mario uns bediente, derselbe Mario, von dem ich dann gleich erzählen werde! Man findet kaum einen Tisch, und die Musikkapellen, ohne daß eine von der anderen wissen wollte, fallen einander wirr ins Wort. Gerade nachmittags gibt es übrigens täglich Zuzug aus Portoclemente; denn natürlich ist Torre ein beliebtes Ausflugsziel für die unruhige Gästeschaft jenes Lustplatzes, und dank den hin und her sausenden Fiat-Wagen ist das Lorbeer- und Oleander-

gebüsch am Saum der verbindenden Land-
straße von weißem Staube zolldick verschneit –
ein merkwürdiger, aber abstoßender Anblick.

Ernstlich, man soll im September nach Torre di
Venere gehen, wenn das Bad sich vom großen
Publikum entleert hat, oder im Mai, bevor die
Wärme des Meeres den Grad erreicht hat, der
den Südländer dafür gewinnt, hineinzutau-
chen. Auch in der Vor- und Nachsaison ist es
nicht leer dort, aber gedämpfter geht es dann zu
und weniger national. Das Englische, Deutsche,
Französische herrscht vor unter den Schatten-
tüchern der Capannen und in den Speisesälen
der Pensionen, während der Fremde noch im
August wenigstens das Grand Hôtel, wo wir
mangels persönlicherer Adressen Zimmer be-
legt hatten, so sehr in den Händen der florenti-
nischen und römischen Gesellschaft findet, daß
er sich isoliert und augenblicksweise wie ein
Gast zweiten Ranges vorkommen mag.

Diese Erfahrung machten wir mit etwas Verdruß am Abend unserer Ankunft, als wir uns
zum Diner im Speisesaal einfanden und uns von
dem zuständigen Kellner einen Tisch anweisen
ließen. Es war gegen diesen Tisch nichts einzu-
wenden, aber uns fesselte das Bild der ansto-

ßenden, auf das Meer gehenden Glasveranda, die so stark wie der Saal, aber nicht restlos besetzt war, und auf deren Tischchen rotbeschirmte Lampen glühten. Die Kleinen zeigten sich entzückt von dieser Festlichkeit, und wir bekundeten einfach den Entschluß, unsere Mahlzeiten lieber in der Veranda einzunehmen – eine Äußerung der Unwissenheit, wie sich zeigte, denn wir wurden mit etwas verlegener Höflichkeit bedeutet, daß jener anheimelnde Aufenthalt »unserer Kundschaft«, »ai nostri clienti«, vorbehalten sei. Unseren Klienten? Aber das waren wir. Wir waren keine Passanten und Eintagsfliegen, sondern für drei oder vier Wochen Hauszugehörige, Pensionäre. Wir unterließen es übrigens, auf der Klarstellung des Unterschiedes zwischen unsersgleichen und jener Klientele, die bei rot glühenden Lämpchen speisen durfte, zu bestehen und nahmen das Pranzo an unserm allgemein und sachlich beleuchteten Saaltische – eine recht mittelmäßige Mahlzeit, charakterloses und wenig schmackhaftes Hotelschema; wir haben die Küche dann in der Pensione Eleonora, zehn Schritte landeinwärts, viel besser gefunden.

Dorthin nämlich siedelten wir schon über, be-

vor wir im Grand Hôtel nur erst warm geworden, nach drei oder vier Tagen — nicht der Veranda und ihrer Lämpchen wegen; die Kinder,
sofort befreundet mit Kellnern und Pagen, von
Meereslust ergriffen, hatten sich jene farbige
Lockung sehr bald aus dem Sinn geschlagen.
Aber mit gewissen Verandaklienten, oder rich-
tiger wohl nur mit der Hotelleitung, die vor ihnen liebedienerte, ergab sich sogleich einer dieser Konflikte, die einem Aufenthalt von Anfang
an den Stempel des Unbehaglichen aufdrücken
können. Römischer Hochadel befand sich darunter, ein Principe X. mit Familie, und da die
Zimmer dieser Herrschaften in Nachbarschaft
der unsrigen lagen, war die Fürstin, große
Dame und leidenschaftliche Mutter zugleich, in
Schrecken versetzt worden durch die Restspu-
ren eines Keuchhustens, den unsere Kleinen
kurz zuvor gemeinsam überstanden hatten,
und von dem schwache Nachklänge zuweilen
noch nachts den sonst unerschütterlichen
Schlaf des Jüngsten unterbrachen. Das Wesen
dieser Krankheit ist wenig geklärt, dem
Aberglauben hier mancher Spielraum gelassen,
und so haben wir es unserer eleganten Nach-
barin nie verargt, daß sie der weit verbreiteten

Meinung anhing, der Keuchhusten sei akustisch ansteckend, und einfach für ihre Kleinen das schlechte Beispiel fürchtete. Im weiblichen Vollgefühl ihres Ansehens wurde sie vorstellig bei der Direktion, und diese, in der Person des bekannten Gehrockmanagers, beeilte sich, uns mit vielem Bedauern zu bedeuten, unter diesen Verhältnissen sei unsere Umquartierung in den Nebenbau des Hotels eine unumgängliche Notwendigkeit. Wir hatten gut beteuern, die Kinderkrankheit befinde sich im Stadium letzten Abklingens, sie habe als überwunden zu gelten und stelle keinerlei Gefahr für die Umgebung mehr dar. Alles, was uns zugestanden wurde, war, daß der Fall vor das medizinische Forum gebracht und der Arzt des Hauses – nur dieser, nicht etwa ein von uns bestellter – zur Entscheidung berufen werden möge. Wir willigten in dieses Abkommen, überzeugt, so sei zugleich die Fürstin zu beruhigen und für uns die Unbequemlichkeit eines Umzuges zu vermeiden. Der Doktor kommt und erweist sich als ein loyaler und aufrechter Diener der Wissenschaft. Er untersucht den Kleinen, erklärt das Übel für abgelaufen und verneint jede Bedenklichkeit. Schon glauben wir uns berechtigt, den Zwischenfall für beigelegt zu halten: da erklärt der Manager, daß wir die Zimmer räumten und in der Dependance Wohnung nähmen, bleibe auch nach den Feststellungen des Arztes geboten.

Dieser Byzantinismus empörte uns. Es ist unwahrscheinlich, daß die wortbrüchige Hartnäckigkeit, auf die wir stießen, diejenige der Fürstin war. Der servile Gastwirt hatte wohl nicht einmal gewagt, ihr von dem Votum des Doktors Mitteilung zu machen. Jedenfalls verständigten wir ihn dahin, wir zögen es vor, das Hotel überhaupt und sofort zu verlassen, – und packten. Wir konnten es leichten Herzens tun, denn schon mittlerweile hatten wir zur Pensione Eleonora, deren freundlich privates Äußere uns gleich in die Augen gestochen hatte, im Vorübergehen Beziehungen angeknüpft und in der Person ihrer Besitzerin, Signora Angiolieri, eine sehr sympathische Bekanntschaft gemacht. Frau Angiolieri, eine zierliche, schwarzäugige Dame, toskanischen Typs, wohl anfangs der Dreißiger, mit dem matten Elfenbeinteint der Südländerinnen, und ihr Gatte, ein sorgfältig gekleideter, stiller und kahler Mann, besaßen in Florenz ein größeres Fremdenheim und standen nur im Sommer und frühen Herbst der

Filiale in Torre di Venere vor. Früher aber, vor
ihrer Verheiratung, war unsere neue Wirtin Ge-
sellschafterin, Reisebegleiterin, Garderobiere,
ja Freundin der Duse gewesen, eine Epoche, die
sie offenbar als die große, die glückliche ihres
Lebens betrachtete, und von der sie bei unserem ersten Besuch sogleich mit Lebhaftigkeit zu
erzählen begann. Zahlreiche Photographien
der großen Schauspielerin, mit herzlichen Wid-
mungen versehen, auch weitere Andenken an
das Zusammenleben von einst schmückten die
Tischchen und Etageren von Frau Angioleris
Salon, und obgleich auf der Hand lag, daß der
Kult ihrer interessanten Vergangenheit ein wenig auch die Anziehungskraft ihres gegenwärtigen Unternehmens erhöhen wollte, hörten
wir doch, während wir durchs Haus geführt
wurden, mit Vergnügen und Anteil ihren in
stackiertem und klingendem Toskanisch vor-
getragenen Erzählungen von der leidenden
Güte, dem Herzensgenie und dem tiefen Zart-
sinn ihrer verewigten Herrin zu.

Dorthin also ließen wir unsere Sachen bringen,
zum Leidwesen des nach gut italienischer Art
sehr kinderlieben Personals vom Grand Hôtel;
die uns eingeräumte Wohnung war geschlossen

und angenehm, der Kontakt mit dem Meere bequem, vermittelt durch eine Allee junger Platanen, die auf die Strandpromenade stieß, der Speisesaal, wo Mme. Angiolieri jeden Mittag eigenhändig die Suppe auffüllte, kühl und reinlich, die Bedienung aufmerksam und gefällig, die Beköstigung vortrefflich, sogar Wiener Bekannte fanden sich vor, mit denen man nach dem Diner vorm Hause plauderte, und die weitere Bekanntschaften vermittelten, und so hätte alles gut sein können — wir waren unseres Tausches vollkommen froh, und nichts fehlte eigentlich zu einem zufriedenstellenden Aufenthalt.

Dennoch wollte kein rechtes Behagen aufkommen. Vielleicht ging der törichte Anlaß unseres Quartierwechsels uns gleichwohl nach, — ich persönlich gestehe, daß ich schwer über solche Zusammenstöße mit dem landläufig Menschlichen, dem naiven Mißbrauch der Macht, der Ungerechtigkeit, der kriecherischen Korruption hinwegkomme. Sie beschäftigten mich zu lange, stürzten mich in ein irritiertes Nachdenken, das seine Fruchtlosigkeit der übergroßen Selbstverständlichkeit und Natürlichkeit dieser Erscheinungen verdankt. Dabei fühlten wir uns mit dem Grand Hôtel nicht einmal überworfen. Die Kinder unterhielten ihre Freundschaften dort nach wie vor, der Hausdiener besserte ihnen ihr Spielzeug aus, und dann und wann tranken wir unseren Tee in dem Garten des Etablissements, nicht ohne der Fürstin ansichtig zu werden, welche, die Lippen korallenrot aufgehöht, mit zierlich festen Tritten erschien, um sich nach ihren von einer Engländerin betreuten Lieblingen umzusehen, und sich dabei unserer bedenklichen Nähe nicht vermutend war, denn streng wurde unserem Kleinen, sobald sie sich zeigte, untersagt, sich auch nur zu räuspern.

Die Hitze war unmäßig, soll ich das anführen? Sie war afrikanisch; die Schreckensherrschaft der Sonne, sobald man sich vom Saum der indigoblauen Frische löste, von einer Unerbittlichkeit, die die wenigen Schritte vom Strande zum Mittagstisch, selbst im bloßen Pyjama, zu einem im voraus beseufzten Unternehmen machte. Mögen Sie das? Mögen Sie es wochenlang? Gewiß, es ist der Süden, es ist klassisches Wetter, das Klima erblühender Menschheitskultur, die Sonne Homers und so weiter. Aber nach einer Weile, ich kann mir nicht helfen, werde ich leicht dahin gebracht, es stumpfsinnig zu finden. Die glühende Leere des Himmels Tag für Tag fällt mir bald zur Last, die Grellheit der Farben, die ungeheure Naivität und Ungebrochenheit des Lichts erregt wohl festliche Gefühle, sie gewährt Sorglosigkeit und sichere Unabhängigkeit von Wetterlaunen und -rückschlägen; aber ohne daß man sich anfangs Rechenschaft davon gäbe, läßt sie tiefere, uneinfachere Bedürfnisse der nordischen Seele auf verödende Weise unbefriedigt und flößt auf die Dauer etwas wie Verachtung ein. Sie haben recht, ohne das dumme Geschichtchen mit dem Keuchhusten hätte ich es wohl nicht so empfunden; ich war gereizt, ich wollte es vielleicht empfinden und griff halb unbewußt ein bereitliegendes geistiges Motiv auf, um die Empfindung damit wenn nicht zu erzeugen, so doch zu legitimieren und zu verstärken. Aber rechnen Sie hier mit unserem bösen Willen, – was das Meer betrifft, den Vormittag im feinen Sande, verbracht vor seiner ewigen Herrlichkeit, so kann unmöglich dergleichen in Frage kommen, und doch war es so, daß wir uns, gegen alle Erfahrung, auch am Strande nicht wohl, nicht glücklich fühlten.

Zu früh, zu früh, er war, wie gesagt, noch in den Händen der inländischen Mittelklasse, – eines augenfällig erfreulichen Menschenschlages, auch da haben Sie recht, man sah unter der Jugend viel Wohlschaffenheit und gesunde Anmut, war aber unvermeidlich doch auch umringt von menschlicher Mediokrität und bürgerlichem Kroppzeug, das, geben Sie es zu, von dieser Zone geprägt nicht reizender ist als unter unserem Himmel. Stimmen haben diese Frauen –! Es wird zuweilen recht unwahrscheinlich, daß man sich in der Heimat der abendländischen Gesangskunst befindet. »Fuggièro!« Ich habe den Ruf noch heute im Ohr, da ich ihn zwanzig Vormittage lang hundertmal dicht neben mir erschallen hörte, in heiserer Ungedecktheit, gräßlich akzentuiert, mit grell offenem è, hervorgestoßen von einer Art mechanisch gewordener Verzweiflung. »Fuggièro! Rispondi al mèno!« Wobei das sp populärerweise nach deutscher Art wie schp gesprochen wurde – ein Ärgernis für sich, wenn sowieso üble Laune herrscht. Der Schrei galt einem abscheulichen Jungen mit ekelerregender Sonnenbrandwunde zwischen den Schultern, der an Widerspenstigkeit, Unart und Bos-

heit das Äußerste zum besten gab, was mir vorgekommen, und außerdem ein großer Feigling
war, imstande, durch seine empörende Wehlei-
digkeit den ganzen Strand in Aufruhr zu bringen. Eines Tages nämlich hatte ihn im Wasser
ein Taschenkrebs in die Zehe gezwickt, und das
antikische Heldenjammergeschrei, das er ob
dieser winzigen Unannehmlichkeit erhob, war
markerschütternd und rief den Eindruck eines
schrecklichen Unglücksfalls hervor. Offenbar
glaubte er sich aufs giftigste verletzt. Ans Land
gekrochen, wälzte er sich in scheinbar uner-
träglichen Qualen umher, brüllte Ohi! und
Oimè! und wehrte, mit Armen und Beinen um
sich stoßend, die tragischen Beschwörungen
seiner Mutter, den Zuspruch Fernerstehender
ab. Die Szene hatte Zulauf von allen Seiten. Ein
Arzt wurde herbeigeholt, es war derselbe, der
unseren Keuchhusten so nüchtern beurteilt
hatte, und wieder bewährte sich sein wissen-
schaftlicher Geradsinn. Gutmütig tröstend erklärte er den Fall für null und nichtig und emp-
fahl einfach des Patienten Rückkehr ins Bad,
zur Kühlung der kleinen Kniffwunde. Statt dessen aber wurde Fuggièro, wie ein Abgestürzter
oder Ertrunkener, auf einer improvisierten

Bahre mit großem Gefolge vom Strande getragen, — um schon am nächsten Morgen wieder, unter dem Scheine der Unabsichtlichkeit, anderen Kindern die Sandbauten zu zerstören. Mit einem Worte, ein Greuel.

Dabei gehörte dieser Zwölfjährige zu den Hauptträgern einer öffentlichen Stimmung, die, schwer greifbar in der Luft liegend, uns einen so lieben Aufenthalt als nicht geheuer verleiden wollte. Auf irgendeine Weise fehlte es der Atmosphäre an Unschuld, an Zwanglosigkeit; dies Publikum »hielt auf sich« — man wußte zunächst nicht recht, in welchem Sinn und Geist, es prästabilierte Würde, stellte voreinander und vor dem Fremden Ernst und Haltung, wach aufgerichtete Ehrliebe zur Schau —, wieso? Man verstand bald, daß Politisches umging, die Idee der Nation im Spiele war. Tatsächlich wimmelte es am Strande von patriotischen Kindern, — eine unnatürliche und niederschlagende Erscheinung. Kinder bilden ja eine Menschenspezies und Gesellschaft für sich, sozusagen eine eigene Nation; leicht und notwendig finden sie sich, auch wenn ihr kleiner Wortschatz verschiedenen Sprachen angehört, auf Grund gemeinsamer Lebensform in der Welt zusammen.

Auch die unsrigen spielten bald mit einheimi-
schen sowohl wie solchen wieder anderer Her-
kunft. Offenbar aber erlitten sie rätselhafte
Enttäuschungen. Es gab Empfindlichkeiten,
Äußerungen eines Selbstgefühls, das zu heikel
und lehrhaft schien, um seinen Namen ganz zu
verdienen, einen Flaggenzwist, Streitfragen des
Ansehens und Vorranges; Erwachsene mischt-
en sich weniger schlichtend als entscheidend
und Grundsätze wahrend ein, Redensarten von
der Größe und Würde Italiens fielen, unheiter-
spielverderberische Redensarten; wir sahen
unsere beiden betroffen und ratlos sich zurück-
ziehen und hatten Mühe, ihnen die Sachlage
einigermaßen verständlich zu machen: Diese
Leute, erklärten wir ihnen, machten soeben
etwas durch, so einen Zustand, etwas wie eine
Krankheit, wenn sie wollten, nicht sehr angenehm, aber wohl notwendig.

Es war unsere Schuld, wir hatten es unserer
Lässigkeit zuzuschreiben, daß es zu einem
Konflikt mit diesem von uns doch erkannten
und gewürdigten Zustande kam, — noch einem
Konflikt; es schien, daß die vorausgegangenen
nicht ganz ungemischte Zufallserzeugnisse gewesen waren. Mit einem Worte, wir verletzten

die öffentliche Moral. Unser Töchterchen, acht-
jährig, aber nach ihrer körperlichen Entwick-
lung ein gutes Jahr jünger zu schätzen und
mager wie ein Spatz, die nach längerem Bad,
wie es die Wärme erlaubte, ihr Spiel im nassen
Kostüm wieder aufgenommen hatte, erhielt Erlaubnis, den von anklebendem Sande starren-
den Anzug noch einmal im Meere zu spülen, um
ihn dann wieder anzulegen und vor neuer Ver-
unreinigung zu schützen. Nackt läuft sie zum
wenige Meter entfernten Wasser, schwenkt ihr
Trikot und kehrt zurück. Hätten wir die Welle
von Hohn, Anstoß, Widerspruch voraussehen
müssen, die ihr Benehmen, unser Benehmen
also, erregte? Ich halte Ihnen keinen Vortrag,
aber in der ganzen Welt hat das Verhalten zum
Körper und seiner Nacktheit sich während der
letzten Jahrzehnte grundsätzlich und das Gefühl bestimmend gewandelt. Es gibt Dinge, bei
denen man sich »nichts mehr denkt«, und zu
ihnen gehörte die Freiheit, die wir diesem so gar
nicht herausfordernden Kinderleibe gewährt
hatten. Sie wurde jedoch hierorts als Herausfor-
derung empfunden. Die patriotischen Kinder
johlten. Fuggièro pfiff auf den Fingern. Erreg-
tes Gespräch unter Erwachsenen in unserer

Nähe wurde laut und verhieß nichts Gutes. Ein Herr in städtischem Schniepel, den wenig strandgerechten Melonenhut im Nacken, versichert seinen entrüsteten Damen, er sei zu korrigierenden Schritten entschlossen; er tritt vor uns hin, und eine Philippika geht auf uns nieder, in der alles Pathos des sinnenfreudigen Südens sich in den Dienst spröder Zucht und Sitte gestellt findet. Die Schamwidrigkeit, die wir uns hätten zuschulden kommen lassen, hieß es, sei um so verurteilenswerter, als sie einem dankvergessenen und beleidigenden Mißbrauch der Gastfreundschaft Italiens gleichkomme. Nicht allein Buchstabe und Geist der öffentlichen Badevorschriften, sondern zugleich auch die Ehre seines Landes seien freventlich verletzt, und in Wahrung dieser Ehre werde er, der Herr im Schniepel, Sorge tragen, daß unser Verstoß gegen die nationale Würde nicht ungeahndet bleibe.

Wir taten unser Bestes, diese Suade mit nachdenklichem Kopfnicken anzuhören. Dem erhitzten Menschen widersprechen hätte zweifellos geheißen, von einem Fehler in den anderen fallen. Wir hatten dies und das auf der Zunge, zum Beispiel, daß nicht alle Umstände zusam-

menträfen, um das Wort Gastfreundschaft
nach seiner reinsten Bedeutung ganz am Platze
erscheinen zu lassen, und daß wir, ohne Euphe-
mismus gesprochen, nicht sowohl die Gäste Italiens, sondern der Signora Angiolieri seien, welche eben seit einigen Jahren den Beruf einer
Vertrauten der Duse gegen den der Gastlichkeit
eingetauscht habe. Auch hatten wir Lust, zu
antworten, wie wir nicht wüßten, daß die moralische Verwahrlosung in diesem schönen Lande
je einen solchen Grad erreicht gehabt habe, daß
ein solcher Rückschlag von Prüderie und Über-
empfindlichkeit begreiflich und notwendig erscheinen könne. Aber wir beschränkten uns
darauf, zu versichern, daß jede Provokation
und Respektlosigkeit uns fern gelegen habe,
und entschuldigend auf das zarte Alter, die
leibliche Unbeträchtlichkeit der kleinen De-
linquentin hinzuweisen. Umsonst. Unsere Be-
teuerungen wurden als unglaubhaft, unsere
Verteidigung als hinfällig zurückgewiesen und
die Errichtung eines Exempels als notwendig
behauptet. Telephonisch, wie ich glaube, wurde
die Behörde benachrichtigt, ihr Vertreter erschien am Strande, er nannte den Fall sehr ernst,
molto grave, und wir hatten ihm hinauf zum

»Platze«, ins Municipio zu folgen, wo ein höherer Beamter das vorläufige Urteil »molto grave«
bestätigte, sich in genau denselben, offenbar
landläufigen didaktischen Redewendungen
über unsere Tat erging wie der Herr im steifen
Hut und uns ein Sühne- und Lösegeld von
fünfzig Lire auferlegte. Wir fanden, diesen Bei-
trag zum italienischen Staatshaushalt müsse das
Abenteuer uns wert sein, zahlten und gingen.
Hätten wir nicht abreisen sollen?

Hätten wir es nur getan! Wir hätten dann diesen fatalen Cipolla vermieden; allein mehreres
kam zusammen, den Entschluß zu einem Orts-
wechsel hintanzuhalten. Ein Dichter hat gesagt,
es sei Trägheit, was uns in peinlichen Zustän-
den festhalte – man könnte das Aperçu zur Erklärung unserer Beharrlichkeit heranziehen.
Auch räumt man nach solchem Vorkommnis
nicht gern unmittelbar das Feld; man zögert,
zuzugeben, daß man sich unmöglich gemacht
habe, besonders wenn Sympathiekundgebun-
gen von außen den Trotz ermutigen. In der
Villa Eleonora gab es nur eine Stimme über die
Ungerechtigkeit unseres Schicksals. Italienische Nach-Tisch-Bekannte wollten finden, es
sei dem Rufe des Landes keineswegs zuträglich,

und äußerten den Vorsatz, den Herrn im Schniepel landsmannschaftlich zur Rede zu stellen. Aber dieser selbst war vom Strande verschwunden, nebst seiner Gruppe, schon am nächsten Tag – nicht unseretwegen natürlich, aber es mag sein, daß das Bewußtsein seiner dicht bevorstehenden Abreise seiner Tatkraft zuträglich gewesen war, und jedenfalls erleichterte uns seine Entfernung. Um alles zu sagen: Wir blieben auch deshalb, weil der Aufenthalt uns merkwürdig geworden war, und weil Merkwürdigkeit ja in sich selbst einen Wert bedeutet, unabhängig von Behagen und Unbehagen. Soll man die Segel streichen und dem Erlebnis ausweichen, sobald es nicht vollkommen danach angetan ist, Heiterkeit und Vertrauen zu erzeugen? Soll man »abreisen«, wenn das Leben sich ein bißchen unheimlich, nicht ganz geheuer oder etwas peinlich und kränkend anläßt? Nein doch, man soll bleiben, soll sich das ansehen und sich dem aussetzen, gerade dabei gibt es vielleicht etwas zu lernen. Wir blieben also und erlebten als schrecklichen Lohn unserer Standhaftigkeit die eindrucksvoll-unselige Erscheinung Cipollas.

Daß fast in dem Augenblick unserer staatlichen

Maßregelung die Nachsaison einsetzte, habe ich
nicht erwähnt. Jener Gestrenge im steifen Hut,
unser Angeber, war nicht der einzige Gast, der
das Bad jetzt verließ; es gab große Abreise, man
sah viele Handkarren mit Gepäck sich zur Sta-
tion bewegen. Der Strand entnationalisierte
sich, das Leben in Torre, in den Cafés, auf den
Wegen der Pineta wurde sowohl intimer wie
europäischer; wahrscheinlich hätten wir jetzt
sogar in der Glasveranda des Grand Hôtel speisen können, aber wir nahmen Abstand davon,
wir befanden uns am Tische der Signora Angiolieri vollkommen wohl, — das Wort Wohlbefin-
den in der Abschattung zu verstehen, die der
Ortsdämon ihm zuteil werden ließ. Gleichzeitig
aber mit dieser als wohltätig empfundenen Ver-
änderung schlug auch das Wetter um, es zeigte
sich fast auf die Stunde im Einvernehmen mit
dem Ferienkalender des großen Publikums.
Der Himmel bedeckte sich, nicht daß es frischer
geworden wäre, aber die offene Glut, die acht-
zehn Tage seit unserer Ankunft (und vorher
wohl lange schon) geherrscht hatte, wich einer
stickigen Sciroccoschwüle, und ein schwäch-
licher Regen netzte von Zeit zu Zeit den samte-
nen Schauplatz unserer Vormittage. Auch das:

zwei Drittel unserer für Torre vorgesehenen Zeit waren ohnehin abgelebt; das schlaffe, entfärbte Meer, in dessen Flachheit träge Quallen trieben, war immerhin eine Neuigkeit; es wäre albern gewesen, nach einer Sonne zurückzuverlangen, der, als sie übermütig waltete, so mancher Seufzer gegolten hatte.

Zu diesem Zeitpunkt also zeigte Cipolla sich an. Cavaliere Cipolla, wie er auf den Plakaten genannt war, die eines Tages überall, auch im Speisesaal der Pensione Eleonora, sich angeschlagen fanden, — ein fahrender Virtuose, ein Unterhaltungskünstler, Forzatore, Illusionista und Prestidigitatore (so bezeichnete er sich), welcher dem hochansehnlichen Publikum von Torre di Venere mit einigen außerordentlichen Phänomenen geheimnisvoller und verblüffender Art aufzuwarten beabsichtigte. Ein Zauberkünstler! Die Ankündigung genügte, unseren Kleinen den Kopf zu verdrehen. Sie hatten noch nie einer solchen Darbietung beigewohnt, diese Ferienreise sollte ihnen die unbekannte Aufregung bescheren. Von Stund an lagen sie uns in den Ohren, für den Abend des Taschenspielers Eintrittskarten zu nehmen, und obgleich uns die späte Anfangsstunde der Veranstaltung, neun Uhr, von vornherein Bedenken machte, gaben wir in der Erwägung nach, daß wir ja nach einiger Kenntnisnahme von Cipollas wahrscheinlich bescheidenen Künsten nach Hause gehen, daß auch die Kinder am folgenden Morgen ausschlafen könnten, und erstanden von Signora Angiolieri selbst, die eine Anzahl von Vorzugsplätzen für ihre Gäste in Kommission hatte, unsere vier Karten. Sie konnte für solide Leistungen des Mannes nicht gutsagen, und wir versahen uns solcher kaum; aber ein gewisses Zerstreuungsbedürfnis empfanden wir selbst, und die dringende Neugier der Kinder bewährte eine Art von Ansteckungskraft.

Das Lokal, in dem der Cavaliere sich vorstellen sollte, war ein Saalbau, der während der Hochsaison zu wöchentlich wechselnden Cinema-Vorführungen gedient hatte. Wir waren nie dort gewesen. Man gelangte dahin, indem man, vorbei am »Palazzo«, einem übrigens verkäuflichen, kastellartigen Gemäuer aus herrschaftlichen Zeiten, die Hauptstraße des Ortes verfolgte, an der auch die Apotheke, der Coiffeur, die gebräuchlichsten Einkaufsläden zu finden waren, und die gleichsam vom Feudalen über das Bürgerliche ins Volkstümliche führte; denn

sie lief zwischen ärmlichen Fischerwohnungen
aus, vor deren Türen alte Weiber Netze flickten,
und hier, schon im Populären, lag die »Sala«,
nichts Besseres eigentlich als eine allerdings ge-
räumige Bretterbude, deren torähnlicher Ein-
gang zu beiden Seiten mit buntfarbigen und
übereinandergeklebten Plakaten geschmückt
war. Einige Zeit nach dem Diner also, am ange-
setzten Tage, pilgerten wir im Dunkeln dorthin,
die Kinder in festlichem Kleidchen und Anzug,
beglückt von so viel Ausnahme. Es war schwül,
wie seit Tagen, es wetterleuchtete manchmal
und regnete etwas. Wir gingen unter Schirmen.
Es war eine Viertelstunde Weges.

Im Durchgange kontrolliert, hatten wir unsere
Plätze selbst aufzusuchen. Sie fanden sich in
der dritten Bank links, und indem wir uns nie-
derließen, mußten wir bemerken, daß man die
ohnedies bedenkliche Anfangsstunde auch
noch lax behandelte: nur sehr allmählich begann ein Publikum, das es darauf ankommen
zu lassen schien, zu spät zu kommen, das Par-
terre zu besetzen, auf welches, da keine Logen
vorhanden waren, der Zuschauerraum sich be-
schränkte. Diese Säumigkeit machte uns etwas
besorgt. Den Kindern färbte schon jetzt eine mit

Erwartung hektisch gemischte Müdigkeit die
Wangen. Einzig die Stehplätze in den Seiten-
gängen und im Hintergrunde waren bei unserer
Ankunft schon komplett. Es stand da, halb-
nackte Arme auf gestreifter Trikotbrust ver-
schränkt, allerlei autochthone Männlichkeit
von Torre di Venere, Fischervolk, unterneh-
mend blickende junge Burschen; und wenn wir
mit der Anwesenheit dieser eingesessenen
Volkstümlichkeit, die solchen Veranstaltungen
erst Farbe und Humor verleiht, sehr einverstan-
den waren, so zeigten die Kinder sich entzückt
davon. Denn sie hatten Freunde unter diesen
Leuten, Bekanntschaften, die sie auf nachmit-
täglichen Spaziergängen am entfernteren
Strande gemacht. Oft, um die Stunde, wenn die
Sonne, müde ihrer gewaltigen Arbeit, ins Meer
sank und den vordringenden Schaum der Bran-
dung rötlich vergoldete, waren wir heimkeh-
rend auf bloßbeinige Fischergruppen gestoßen,
die in Reihen stemmend und ziehend, unter ge-
dehnten Rufen ihre Netze eingeholt, ihren meist
dürftigen Fang an Frutti di mare in triefende
Körbe geklaubt hatten; und die Kleinen hatten
ihnen zugesehen, ihre italienischen Brocken an
den Mann gebracht, beim Strickziehen gehol-

fen, Kameradschaft geschlossen. Jetzt tauschten sie Grüße mit der Sphäre der Stehplätze, da war Guiscardo, da war Antonio, sie kannten die Namen, riefen sie winkend mit halber Stimme hinüber und bekamen ein Kopfnicken, ein Lachen sehr gesunder Zähne zur Antwort. Sieh doch, da ist sogar Mario vom »Esquisito«, Mario, der uns die Schokolade bringt! Auch er will den Zauberer sehen, und er muß früh gekommen sein, er steht fast vorn, aber er bemerkt uns nicht, er gibt nicht acht, das ist so seine Art, obgleich er ein Kellnerbursche ist. Dafür winken wir dem Manne zu, der am Strande die Paddelboote vermietet, und der auch da steht, ganz hinten.

Es wurde neun ein Viertel, es wurde beinahe halb zehn Uhr. Sie begreifen unsere Nervosität. Wann würden die Kinder ins Bett kommen? Es war ein Fehler gewesen, sie herzuführen, denn ihnen zuzumuten, den Genuß abzubrechen, kaum daß er recht begonnen, würde sehr hart sein. Mit der Zeit hatte das Parkett sich gut gefüllt; ganz Torre war da, so konnte man sagen, die Gäste des Grand Hôtel, die Gäste der Villa Eleonora und anderer Pensionen, bekannte Gesichter vom Strande. Man hörte Englisch und

Deutsch. Man hörte das Französisch, das etwa
Rumänen mit Italienern sprechen. Mme. Angiolieri selbst saß zwei Reihen hinter uns an der
Seite ihres stillen und glatzköpfigen Gatten, der
mit zwei mittleren Fingern seiner Rechten seinen Schnurrbart strich. Alle waren spät gekommen, aber niemand zu spät; Cipolla ließ auf
sich warten.

Er ließ auf sich warten, das ist wohl der richtige
Ausdruck. Er erhöhte die Spannung durch die
Verzögerung seines Auftretens. Auch hatte man
Sinn für diese Manier, aber nicht ohne Grenzen.
Gegen halb zehn Uhr begann das Publikum zu
applaudieren, — eine liebenswürdige Form,
rechtmäßige Ungeduld zu äußern, da sie zugleich Beifallslust zum Ausdruck bringt. Für die
Kleinen gehörte es schon zum Vergnügen, sich
daran zu beteiligen. Alle Kinder lieben es, Beifall zu klatschen. Aus der populären Sphäre rief
es energisch: »Pronti!« und »Cominciamo!«
Und siehe, wie es zu gehen pflegt: Auf einmal
war der Beginn, welche Hindernisse ihm nun so
lange entgegengestanden haben mochten,
leicht zu ermöglichen. Ein Gongschlag ertönte,
der von den Stehplätzen mit mehrstimmigem
Ah! beantwortet wurde, und die Gardine ging

auseinander. Sie enthüllte ein Podium, das
nach seiner Ausstattung eher einer Schulstube
als dem Wirkungsfeld eines Taschenspielers
glich, und zwar namentlich dank der schwarzen
Wandtafel, die auf einer Staffelei links im Vor-
dergrunde stand. Sonst waren noch ein ge-
wöhnlicher gelber Kleiderständer, ein paar
landesübliche Strohstühle und, weiter im Hintergrunde, ein Rundtischchen zu sehen, auf
dem eine Wasserflasche mit Glas und, auf be-
sonderem Tablett, ein Flakon voll hellgelber
Flüssigkeit nebst Likörgläschen standen. Man
hatte noch zwei Sekunden Zeit, diese Utensilien
ins Auge zu fassen. Dann, ohne daß das Haus
sich verdunkelt hätte, hielt Cavaliere Cipolla
seinen Auftritt.

Er kam in jenem Geschwindschritt herein, in
dem Erbötigkeit gegen das Publikum sich aus-
drückt und der die Täuschung erweckt, als
habe der Ankommende in diesem Tempo schon
eine weite Strecke zurückgelegt, um vor das An-
gesicht der Menge zu gelangen, während er
doch eben noch in der Kulisse stand. Der Anzug
Cipollas unterstützte die Fiktion des Von-
außen-her-Eintreffens. Ein Mann schwer be-
stimmbaren Alters, aber keineswegs mehr jung,

mit scharfem, zerrüttetem Gesicht, stechenden
Augen, faltig verschlossenem Munde, kleinem,
schwarz gewichstem Schnurrbärtchen und
einer sogenannten Fliege in der Vertiefung zwischen Unterlippe und Kinn, war er in eine Art
von komplizierter Abendstraßeneleganz geklei-
det. Er trug einen weiten schwarzen und ärmel-
losen Radmantel mit Samtkragen und atlasge-
fütterter Pelerine, den er mit den weiß behand-
schuhten Händen bei behinderter Lage der
Arme vorn zusammenhielt, einen weißen Schal
um den Hals und einen geschweiften, schief in
die Stirne gerückten Zylinderhut. Vielleicht
mehr als irgendwo ist in Italien das achtzehnte
Jahrhundert noch lebendig und mit ihm der Typus des Scharlatans, des marktschreierischen
Possenreißers, der für diese Epoche so charak-
teristisch war, und dem man nur in Italien noch
in ziemlich wohl erhaltenen Beispielen begeg-
nen kann. Cipolla hatte in seinem Gesamthabi-
tus viel von diesem historischen Schlage, und
der Eindruck reklamehafter und phantasti-
scher Narretei, die zum Bilde gehört, wurde
schon dadurch erweckt, daß die anspruchsvolle
Kleidung ihm sonderbar, hier falsch gestrafft
und dort in falschen Falten, am Leibe saß oder

gleichsam daran aufgehängt war: Irgend etwas war mit seiner Figur nicht in Ordnung, vorn nicht und hinten nicht, – später wurde das deutlicher. Aber ich muß betonen, daß von persönlicher Scherzhaftigkeit oder gar Clownerie in seiner Haltung, seinen Mienen, seinem Benehmen nicht im geringsten die Rede sein konnte; vielmehr sprachen strenge Ernsthaftigkeit, Ablehnung alles Humoristischen, ein gelegentlich übellauniger Stolz, auch jene gewisse Würde und Selbstgefälligkeit des Krüppels daraus, – was freilich nicht hinderte, daß sein Verhalten anfangs an mehreren Stellen des Saales Lachen hervorrief.

Dies Verhalten hatte nichts Dienstfertiges mehr; die Raschheit seiner Auftrittsschritte stellte sich als reine Energieäußerung heraus, an der Unterwürfigkeit keinen Teil gehabt hatte. An der Rampe stehend und sich mit lässigem Zupfen seiner Handschuhe entledigend, wobei er lange und gelbliche Hände entblößte, deren eine ein Siegelring mit hochragendem Lasurstein schmückte, ließ er seine kleinen strengen Augen, mit schlaffen Säcken darunter, musternd durch den Saal schweifen, nicht rasch, sondern indem er hie und da auf einem

Gesicht in überlegener Prüfung verweilte – verkniffenen Mundes, ohne ein Wort zu sprechen. Die zusammengerollten Handschuhe warf er mit ebenso erstaunlicher wie beiläufiger Geschicklichkeit über eine bedeutende Entfernung hin genau in das Wasserglas auf dem Rundtischchen und holte dann, immer stumm umherblickend, aus irgendwelcher inneren Tasche ein Päckchen Zigaretten hervor, die billigste Sorte der Regie, wie man am Karton erkannte, zog mit spitzen Fingern eine aus dem Bündel und entzündete sie, ohne hinzusehen, mit einem prompt funktionierenden Benzinfeuerzeug. Den tief eingeatmeten Rauch stieß er, arrogant grimassierend, beide Lippen zurückgezogen, dabei mit einem Fuße leise aufklopfend, als grauen Sprudel zwischen seinen schadhaft abgenutzten, spitzigen Zähnen hervor.

Das Publikum beobachtete ihn so scharf, wie es sich von ihm durchmustert sah. Bei den jungen Leuten auf den Stehplätzen sah man zusammengezogene Brauen und bohrende, nach einer Blöße spähende Blicke, die dieser allzu Sichere sich geben würde. Er gab sich keine. Das Hervorholen und Wiederverwahren des Zigarettenpäckchens und des Feuerzeuges war umständlich dank seiner Kleidung; er raffte dabei den Abendmantel zurück, und man sah, daß ihm über dem linken Unterarm an einer Lederschlinge unpassenderweise eine Reitpeitsche mit klauenartiger silberner Krücke hing. Man bemerkte ferner, daß er keinen Frack, sondern einen Gehrock trug, und da er auch diesen aufhob, erblickte man eine mehrfarbige, halb von der Weste verdeckte Schärpe, die Cipolla um den Leib trug, und die hinter uns sitzende Zuschauer in halblautem Austausch für das Abzeichen des Cavaliere hielten. Ich lasse das dahingestellt, denn ich habe nie gehört, daß mit dem Cavalieretitel ein derartiges Abzeichen verbunden ist. Vielleicht war die Schärpe reiner Humbug, so gut wie das wortlose Dastehen des Gauklers, der immer noch nichts tat, als dem Publikum lässig und wichtig seine Zigarette vorzurauchen.

Man lachte, wie gesagt, und die Heiterkeit wurde fast allgemein, als eine Stimme im Stehparterre laut und trocken »Buona sera!« sagte.

Cipolla horchte hoch auf. »Wer war das?« fragte er gleichsam zugreifend. »Wer hat soeben gesprochen? Nun? Zuerst so keck und nun bange? Paura, eh?« Er sprach mit ziemlich hoher, etwas asthmatischer, aber metallischer Stimme. Er wartete.

»Ich war's«, sagte in die Stille hinein der junge Mann, der sich so herausgefordert und bei der Ehre genommen sah, – ein schöner Bursche gleich neben uns, im Baumwollhemd, die Jacke über eine Schulter gehängt. Er trug sein schwarzes, starres Kraushaar hoch und wild, die Modefrisur des erweckten Vaterlandes, die ihn etwas entstellte und afrikanisch anmutete. »Bè... Das war ich. Es wäre Ihre Sache gewesen, aber ich zeigte Entgegenkommen.«

Die Heiterkeit erneuerte sich. Der Junge war nicht auf den Mund gefallen. »Ha sciolto lo scilinguagnolo«, äußerte man neben uns. Die populäre Lektion war schließlich am Platze gewesen.

»Ah bravo!« antwortete Cipolla. »Du gefällst mir, Giovanotto. Willst du glauben, daß ich dich längst gesehen habe? Solche Leute, wie du, haben meine besondere Sympathie, ich kann sie brauchen. Offenbar bist du ein ganzer Kerl. Du tust, was du willst. Oder hast du schon einmal nicht getan, was du wolltest? Oder gar getan, was du nicht wolltest? Was nicht du wolltest?

Höre, mein Freund, es müßte bequem und lustig sein, nicht immer so den ganzen Kerl spielen und für beides aufkommen zu müssen, das Wollen und das Tun. Arbeitsteilung müßte da einmal eintreten – sistema americano, sa'. Willst du zum Beispiel jetzt dieser gewählten und verehrungswürdigen Gesellschaft hier die Zunge zeigen, und zwar die ganze Zunge bis zur Wurzel?«

»Nein«, sagte der Bursche feindselig. »Das will ich nicht. Es würde von wenig Erziehung zeugen.«

»Es würde von gar nichts zeugen«, erwiderte Cipolla, »denn du tätest es ja nur. Deine Erziehung in Ehren, aber meiner Meinung nach wirst du jetzt, ehe ich bis drei zähle, eine Rechtswendung ausführen und der Gesellschaft die Zunge herausstrecken, länger, als du gewußt hattest, daß du sie herausstrecken könntest.«

Er sah ihn an, wobei seine stechenden Augen tiefer in die Höhlen zu sinken schienen. »Uno«, sagte er und ließ seine Reitpeitsche, deren Schlinge er vom Arme hatte gleiten lassen, einmal kurz durch die Luft pfeifen. Der Bursche machte Front gegen das Publikum und streckte die Zunge so angestrengt-überlang heraus, daß man sah, es war das Äußerste, was er an Zungenlänge nur irgend zu bieten hatte. Dann nahm er mit nichtssagendem Gesicht wieder seine frühere Stellung ein.

»Ich war's«, parodierte Cipolla, indem er zwinkernd mit dem Kopf auf den Jungen deutete. »Bè... das war ich.« Damit wandte er sich, das Publikum seinen Eindrücken überlassend, zum Rundtischchen, goß sich aus dem Flakon, das offenbar Kognak enthielt, ein Gläschen ein und kippte es geübt.

Die Kinder lachten von Herzen. Von den gewechselten Worten hatten sie fast nichts verstanden; daß aber zwischen dem kuriosen Mann dort oben und jemandem aus dem Publikum gleich etwas so Drolliges vor sich gegangen war, amüsierte sie höchlichst, und da sie von den Darbietungen eines Abends, wie er verheißen war, keine bestimmte Vorstellung hatten, waren sie bereit, diesen Anfang köstlich zu finden. Was uns betraf, so tauschten wir einen Blick, und ich erinnere mich, daß ich unwillkürlich mit den Lippen leise das Geräusch nachahmte, mit dem Cipolla seine Reitpeitsche hatte durch die Luft fahren lassen. Übrigens war klar, daß die Leute nicht wußten, was sie aus einer so ungereimten Eröffnung einer Taschenspielersoiree machen sollten, und nicht recht begriffen, was den Giovanotto, der doch sozusagen ihre Sache geführt hatte, plötzlich hatte bestimmen können, seine Keckheit gegen sie, das Publikum, zu wenden. Man fand sein Benehmen läppisch, kümmerte sich nicht weiter um ihn und wandte seine Aufmerksamkeit dem Künstler zu, der, vom Stärkungstischchen zurückkehrend, folgendermaßen zu sprechen fortfuhr: »Meine Damen und Herren«, sagte er mit seiner asthmatisch-metallischen Stimme, »Sie sahen mich soeben etwas empfindlich gegen die Belehrung, die dieser hoffnungsvolle junge Linguist« (»questo linguista di belle speranze«, – man lachte über das Wortspiel) »mir erteilen zu sollen glaubte. Ich bin ein Mann von einiger Eigenliebe, nehmen Sie das in Kauf! Ich finde keinen Geschmack daran, mir anders als ernsthaften und höflichen Sinnes guten Abend wünschen zu lassen, – es in entgegengesetztem Sinne zu tun, besteht wenig Anlaß. Indem man mir einen guten Abend wünscht, wünscht man sich selber einen, denn das Publikum wird nur in dem Falle einen guten Abend haben, daß ich

einen habe, und darum tat dieser Liebling der
Mädchen von Torre di Venere« (er hörte nicht
auf, gegen den Burschen zu sticheln) »sehr wohl
daran, sogleich einen Beweis dafür zu geben,
daß ich heute einen habe und also auf seine
Wünsche verzichten kann. Ich darf mich rüh-
men, fast lauter gute Abende zu haben. Ein
schlechterer läuft wohl einmal mit unter, doch
ist das selten. Mein Beruf ist schwer und meine
Gesundheit nicht die robusteste; ich habe einen
kleinen Leibesschaden zu beklagen, der mich
außerstand gesetzt hat, am Kriege für die
Größe des Vaterlandes teilzunehmen. Allein
mit den Kräften meiner Seele und meines Gei-
stes meistere ich das Leben, was ja immer nur
heißt: sich selbst bemeistern, und schmeichle
mir, mit meiner Arbeit die achtungsvolle Anteilnahme der gebildeten Öffentlichkeit erregt
zu haben. Die führende Presse hat diese Arbeit
zu schätzen gewußt, der Corriere della Sera er-
wies mir soviel Gerechtigkeit, mich ein Phänomen zu nennen, und in Rom hatte ich die Ehre,
den Bruder des Duce unter den Besuchern eines
der Abende zu sehen, die ich dort veranstaltete.
Kleiner Gewohnheiten, die man mir an so glän-
zender und erhabener Stelle nachzusehen die

Gewogenheit hatte, glaubte ich mich an einem vergleichsweise immerhin weniger bedeutenden Platz wie Torre di Venere« (man lachte auf Kosten des armen kleinen Torre) »nicht eigens entschlagen und nicht dulden zu sollen, daß Personen, die durch die Gunst des weiblichen Geschlechtes etwas verwöhnt scheinen, sie mir verweisen.« Jetzt hatte wieder der Bursche die Zeche zu zahlen, den Cipolla nicht müde wurde in der Rolle des donnaiuolo und ländlichen Hahnes im Korbe vorzuführen, – wobei die zähe Empfindlichkeit und Animosität, mit der er auf ihn zurückkam, in auffälligem Mißverhältnis zu den Äußerungen seines Selbstgefühles und zu den mondänen Erfolgen stand, deren er sich rühmte. Gewiß mußte der Jüngling einfach als Belustigungsthema herhalten, wie Cipolla sich jeden Abend eines herauszugreifen und aufs Korn zu nehmen gewohnt sein mochte. Aber es sprach aus seinen Spitzen doch auch echte Gehässigkeit, über deren menschlichen Sinn ein Blick auf die Körperlichkeit beider belehrt haben würde, auch wenn der Verwachsene nicht beständig auf das ohne weiteres vorausgesetzte Glück des hübschen Jungen bei den Frauen angespielt hätte.

»Damit wir also unsere Unterhaltung beginnen«, setzte er hinzu, »erlauben Sie, daß ich es mir bequemer mache!«

Und er ging zum Kleiderständer, um abzulegen.

»Parla benissimo«, stellte man in unserer Nähe fest. Der Mann hatte noch nichts geleistet, aber sein Sprechen allein ward als Leistung gewürdigt, er hatte damit zu imponieren gewußt. Unter Südländern ist die Sprache ein Ingredienz der Lebensfreude, dem man weit lebhaftere gesellschaftliche Schätzung entgegenbringt, als der Norden sie kennt. Es sind vorbildliche Ehren, in denen das nationale Bindemittel der Muttersprache bei diesen Völkern steht, und etwas heiter Vorbildliches hat die genußreiche Ehrfurcht, mit der man ihre Formen und Lautgesetze betreut. Man spricht mit Vergnügen, man hört mit Vergnügen – und man hört mit Urteil. Denn es gilt als Maßstab für den persönlichen Rang, wie einer spricht; Nachlässigkeit, Stümperei erregen Verachtung, Eleganz und Meisterschaft verschaffen menschliches Ansehen, weshalb auch der kleine Mann, sobald es ihm um seine Wirkung zu tun ist, sich in gewählten Wendungen versucht und sie mit Sorgfalt gestaltet. In dieser Hinsicht also wenigstens hatte Cipolla sichtlich für sich eingenommen, obgleich er keineswegs dem Menschenschlag angehörte, den der Italiener, in eigentümlicher Mischung moralischen und ästhetischen Urteils, als »Simpatico« anspricht.

Nachdem er seinen Seidenhut, seinen Schal und Mantel abgetan, kam er, im Rock sich zurechtrückend, die mit großen Knöpfen verschlossenen Manschetten hervorziehend und an seiner Humbugschärpe ordnend, wieder nach vorn. Er hatte sehr häßliches Haar, das heißt: sein oberer Schädel war fast kahl, und nur eine schmale, schwarz gewichste Scheitelfrisur lief, wie angeklebt, vom Wirbel nach vorn, während das Schläfenhaar, ebenfalls geschwärzt, seitlich zu den Augenwinkeln hingestrichen war, – die Haartracht etwa eines altmodischen Zirkusdirektors, lächerlich, aber durchaus zum ausgefallenen Persönlichkeitsstil passend und mit so viel Selbstsicherheit getragen, daß die öffentliche Empfindlichkeit gegen ihre Komik verhalten und stumm blieb. Der »kleine Leibesschaden«, von dem er vorbeugend gesprochen hatte, war jetzt nur allzu deutlich sichtbar, wenn auch immer noch nicht ganz klar nach seiner Beschaffenheit: die Brust war zu hoch, wie gewohnt in solchen Fällen, aber der Verdruß im Rücken schien nicht an der gewohnten Stelle, zwischen den Schultern, zu sitzen, sondern tiefer, als eine Art Hüft- und Gesäßbuckel, der den Gang zwar nicht behinderte, aber ihn grotesk und bei jedem Schritt sonderbar ausladend gestaltete. Übrigens war der Unzuträglichkeit durch ihre Erwähnung gleichsam die Spitze abgebrochen worden, und zivilisiertes Feingefühl beherrschte angesichts ihrer spürbar den Saal.

»Zu Ihren Diensten!« sagte Cipolla. »Ihr Einverständnis vorausgesetzt, werden wir unser Programm mit einigen arithmetischen Übungen beginnen.«

Arithmetik? Das sah nicht nach Zauberkunststücken aus. Die Vermutung regte sich schon, daß der Mann unter falscher Flagge segelte; nur welches seine richtige war, blieb undeutlich. Die Kinder begannen mir leid zu tun; aber für den Augenblick waren sie einfach glücklich, dabei zu sein.

Das Zahlenspiel, das Cipolla nun anstellte, war ebenso einfach wie durch seine Pointe verblüffend. Er fing damit an, ein Blatt Papier mit einem Reißstift an der oberen rechten Ecke der Tafel zu

befestigen und, indem er es hoch hob, mit Kreide
etwas aufs Holz zu schreiben. Er redete unausge-
setzt dabei, besorgt, seine Darbietungen durch
immerwährende sprachliche Begleitung und
Unterstützung vor Trockenheit zu bewahren,
wobei er sich selbst ein zungengewandter und
keinen Augenblick um einen plauderhaften Ein-
fall verlegener Conférencier war. Daß er sogleich
damit fortfuhr, die Kluft zwischen Podium und
Zuschauerraum aufzuheben, die schon durch
das sonderbare Geplänkel mit dem Fischerbur-
schen überbrückt worden war; daß er also Vertreter des Publikums auf die Bühne nötigte und
seinerseits über die hölzernen Stufen, die dort
hinaufführten, herunterkam, um persönliche
Berührung mit seinen Gästen zu suchen, gehörte
zu seinem Arbeitsstil und gefiel den Kindern
sehr. Ich weiß nicht, wie weit die Tatsache, daß
er dabei sofort wieder in Häkeleien mit Einzel-
personen geriet, in seinen Absichten und seinem
System lag, obgleich er sehr ernst und verdrieß-
lich dabei blieb, – das Publikum, wenigstens in
seinen volkstümlichen Elementen, schien jedenfalls der Meinung zu sein, daß dergleichen zur
Sache gehöre.
Nachdem er nämlich ausgeschrieben und das

Geschriebene unter dem Blatt Papier verheim-
licht hatte, drückte er den Wunsch aus, zwei Personen möchten aufs Podium kommen, um beim
Ausführen der bevorstehenden Rechnung be-
hilflich zu sein. Das biete keine Schwierigkeiten,
auch rechnerisch weniger Begabte seien ohne
weiteres geeignet dazu. Wie gewöhnlich meldete
sich niemand, und Cipolla hütete sich, den vornehmen Teil seines Publikums zu belästigen. Er
hielt sich ans Volk und wandte sich an zwei lüm-
melstarke Burschen auf Stehplätzen im Hintergrunde des Saales, forderte sie heraus, sprach
ihnen Mut zu, fand es tadelnswert, daß sie nur
müßig gaffen und der Gesellschaft sich nicht gefällig erweisen wollten, und setzte sie wirklich in
Bewegung. Mit plumpen Tritten kamen sie
durch den Mittelgang nach vorn, erstiegen die
Stufen und stellten sich, linkisch grinsend, unter
den Bravi-Rufen ihrer Kameradschaft vor der
Tafel auf. Cipolla scherzte noch ein paar Augen-
blicke mit ihnen, lobte die heroische Festigkeit
ihrer Gliedmaßen, die Größe ihrer Hände, die
ganz geschaffen seien, der Versammlung den er-
betenen Dienst zu leisten, und gab dann dem
einen den Kreidegriffel in die Hand mit der Weisung, einfach die Zahlen nachzuschreiben, die

ihm würden zugerufen werden. Aber der Mensch erklärte, nicht schreiben zu können. »Non so scrivere«, sagte er mit grober Stimme, und sein Genosse fügte hinzu: »Ich auch nicht.«

Gott weiß, ob sie die Wahrheit sprachen oder sich nur über Cipolla lustig machen wollten. Jedenfalls war dieser weit entfernt, die Heiterkeit zu teilen, die ihr Geständnis erregte. Er war beleidigt und angewidert. Er saß in diesem Augenblick mit übergeschlagenem Bein auf einem Strohstuhl in der Mitte der Bühne und rauchte wieder eine Zigarette aus dem billigen Bündel, die ihm sichtlich desto besser mundete, als er, während die Trottel zum Podium stapften, einen zweiten Kognak zu sich genommen hatte. Wieder ließ er den tief eingezogenen Rauch zwischen den entblößten Zähnen ausströmen und blickte dabei, mit dem Fuße wippend, in strenger Ablehnung, wie ein Mann, der sich vor einer durchaus verächtlichen Erscheinung auf sich selbst und seine Würde zurückzieht, an den beiden fröhlichen Ehrlosen vorbei und auch über das Publikum hinweg ins Leere.

»Skandalös«, sagte er kalt und verbissen.

»Geht an eure Plätze! Jedermann kann schreiben in Italien, dessen Größe der Unwissenheit
und Finsternis keinen Raum bietet. Es ist ein
schlechter Scherz, vor den Ohren dieser inter-
nationalen Gesellschaft eine Bezichtigung laut
werden zu lassen, mit der ihr nicht nur euch
selbst erniedrigt, sondern auch die Regierung
und das Land dem Gerede aussetzt. Wenn
wirklich Torre di Venere der letzte Winkel des
Vaterlandes sein sollte, in den die Unkenntnis
der Elementarwissenschaften sich geflüchtet
hat, so müßte ich bedauern, einen Ort aufge-
sucht zu haben, von dem mir allerdings be-
kannt sein mußte, daß er an Bedeutung hinter
Rom in dieser und jener Beziehung zurück-
steht...«

Hier wurde er von dem Burschen mit der nubi-
schen Haartracht und der Jacke über der Schulter unterbrochen, dessen Angriffslust, wie man
nun sah, nur vorübergehend abgedankt hatte,
und der sich erhobenen Hauptes zum Ritter seines Heimatstädtchens aufwarf.

»Genug!« sagte er laut. »Genug der Witze über
Torre. Wir alle sind von hier und werden nicht
dulden, daß man die Stadt vor den Fremden
verhöhnt. Auch diese beiden Leute sind unsere

Freunde. Wenn sie keine Gelehrten sind, so sind sie dafür rechtschaffenere Jungen als vielleicht mancher andere im Saal, der mit Rom prahlt, obgleich er es auch nicht gegründet hat.«

Das war ja ausgezeichnet. Der junge Mensch hatte wahrhaftig Haare auf den Zähnen. Man unterhielt sich bei dieser Art von Dramatik, obgleich sie den Eintritt ins eigentliche Programm mehr und mehr verzögerte. Einem Wortwechsel zuzuhören, ist immer fesselnd. Gewisse Menschen belustigt das einfach, und sie genießen aus einer Art von Schadenfreude ihr Nichtbeteiligtsein; andere empfinden Beklommenheit und Erregung, und ich verstehe sie sehr gut, wenn ich auch damals den Eindruck hatte, daß alles gewissermaßen auf Übereinkunft beruhte, und daß sowohl die beiden analphabetischen Dickhäuter wie auch der Giovanotto in der Jacke dem Künstler halb und halb zur Hand gingen, um Theater zu produzieren. Die Kinder lauschten mit vollem Genuß. Sie verstanden nichts, aber die Akzente hielten sie in Atem. Das war also ein Zauberabend, zum mindesten ein italienischer. Sie fanden es ausdrücklich sehr schön.

Cipolla war aufgestanden und mit zwei aus der

Hüfte ladenden Schritten an die Rampe gekommen.

»Aber sieh ein bißchen!« sagte er mit grimmiger Herzlichkeit. »Ein alter Bekannter! Ein Jüngling, der das Herz auf der Zunge hat!« (Er sagte »sulla linguaccia«, was belegte Zunge heißt und große Heiterkeit hervorrief.) »Geht, meine Freunde!« wandte er sich an die beiden Tölpel. »Genug von euch, ich habe es jetzt mit diesem Ehrenmann zu tun, con questo torregiano di Venere, diesem Türmer der Venus, der sich zweifellos süßer Danksagungen versieht für seine Wachsamkeit...«

»Ah, non scherzamo! Reden wir ernst!« rief der Bursche. Seine Augen blitzten, und er machte wahrhaftig eine Bewegung, als wollte er die Jacke abwerfen und zur direktesten Auseinandersetzung übergehen.

Cipolla nahm das nicht tragisch. Anders als wir, die einander bedenklich ansahen, hatte der Cavaliere es mit einem Landsmann zu tun, hatte den Boden der Heimat unter den Füßen. Er blieb kalt, zeigte vollkommene Überlegenheit. Eine lächelnde Kopfbewegung seitlich gegen den Kampfhahn, den Blick ins Publikum gerichtet, rief dieses zum mitlächelnden Zeugen

seiner Rauflust auf, durch die der Gegner nur
die Schlichtheit seiner Lebensform enthüllte.
Und dann geschah abermals etwas Merkwürdi-
ges, was jene Überlegenheit in ein unheimliches
Licht setzte und die kriegerische Reizung, die
von der Szene ausging, auf beschämende und
unerklärliche Art ins Lächerliche zog.
Cipolla näherte sich dem Burschen noch mehr,
wobei er ihm eigentümlich in die Augen sah. Er
kam sogar die Stufen, die dort, links von uns,
ins Auditorium führten, halbwegs herab, so daß
er, etwas erhöht, dicht vor dem Streitbaren
stand. Die Reitpeitsche hing an seinem Arm.
»Du bist nicht zu Scherzen aufgelegt, mein
Sohn«, sagte er. »Das ist nur zu begreiflich,
denn jedermann sieht, daß du nicht wohl bist.
Schon deine Zunge, deren Reinheit zu wünschen übrigließ, deutete auf akute Unordnung
des gastrischen Systems. Man sollte keine
Abendunterhaltung besuchen, wenn man sich
fühlt wie du, und du selbst, ich weiß es, hast ge-
schwankt, ob du nicht besser tätest, ins Bett zu
gehen und dir einen Leibwickel zu machen. Es
war leichtsinnig, heute nachmittag so viel von
diesem weißen Wein zu trinken, der schreck-
lich sauer war. Jetzt hast du die Kolik, daß du

dich krümmen möchtest vor Schmerzen. Tu's nur ungescheut! Es ist eine gewisse Linderung verbunden mit dieser Nachgiebigkeit des Körpers gegen den Krampf der Eingeweide.«

Indem er dies Wort für Wort mit ruhiger Eindringlichkeit und einer Art strenger Teilnahme sprach, schienen seine Augen, in die des jungen Menschen getaucht, über ihren Tränensäcken zugleich welk und brennend zu werden, – es waren sehr sonderbare Augen, und man verstand, daß sein Partner nicht nur aus Mannesstolz die seinen nicht von ihnen lösen mochte. Auch war von solchem Hochmut alsbald in seinem bronzierten Gesicht nichts mehr zu bemerken. Er sah den Cavaliere mit offenem Munde an, und dieser Mund lächelte in seiner Offenheit verstört und kläglich.

»Krümme dich!« wiederholte Cipolla. »Was bleibt dir anderes übrig? Bei solcher Kolik muß man sich krümmen. Du wirst dich doch gegen die natürliche Reflexbewegung nicht sträuben, nur, weil man sie dir empfiehlt.«

Der junge Mann hob langsam die Unterarme, und während er sie anpressend über dem Leibe kreuzte, verbog sich sein Körper, wandte sich seitlich vornüber, tiefer und tiefer, ging bei verstellten Füßen und gegeneinandergekehrten Knien in die Beuge, so daß er endlich, ein Bild verrenkter Pein, beinahe am Boden hockte. So ließ Cipolla ihn einige Sekunden stehen, tat dann mit der Reitpeitsche einen kurzen Hieb durch die Luft und kehrte ausladend zum Rundtischchen zurück, wo er einen Kognak kippte.

»Il boît beaucoup«, stellte hinter uns eine Dame fest. War das alles, was ihr auffiel? Es wollte uns nicht deutlich werden, wie weit das Publikum schon im Bilde war. Der Bursche stand wieder aufrecht, etwas verlegen lächelnd, als wüßte er nicht so recht, wie ihm geschehen. Man hatte die Szene mit Spannung verfolgt und applaudierte ihr, als sie beendet war, indem man sowohl »Bravo, Cipolla!« wie »Bravo, Giovanotto!« rief. Offenbar faßte man den Ausgang des Streites nicht als persönliche Niederlage des jungen Menschen auf, sondern ermunterte ihn wie einen Schauspieler, der eine klägliche Rolle lobenswert durchgeführt hat. Wirklich war seine Art, sich vor Leibsschmerzen zu krümmen, höchst ausdrucksvoll, in ihrer Anschaulichkeit gleichsam für die Galerie berechnet und sozusagen eine schauspielerische Leistung gewesen. Aber ich bin nicht sicher, wieweit das Verhalten des Saales nur dem menschlichen Taktgefühl zuzuschreiben war, in dem der Süden uns überlegen ist, und wieweit es auf eigentlicher Einsicht in das Wesen der Dinge beruhte.

Der Cavaliere, gestärkt, hatte sich eine frische Zigarette angezündet. Der arithmetische Versuch konnte wieder in Angriff genommen werden. Ohne Schwierigkeit fand sich ein junger Mann aus den hinteren Sitzreihen, der bereit war, diktierte Ziffern auf die Tafel zu schreiben. Wir kannten ihn auch; die ganze Unterhaltung gewann etwas Familiäres dadurch, daß man so viele Gesichter kannte. Er war der Angestellte des Kolonialwaren- und Obstladens in der Hauptstraße und hatte uns mehrmals in guter Form bedient. Er handhabe die Kreide mit kaufmännischer Gewandtheit, während Cipolla, zu unserer Ebene herabgestiegen, sich in seiner verwachsenen Gangart durch das Publikum bewegte und Zahlen einsammelte, zwei-, drei- und vierstellige nach freier Wahl, die er den Befragten von den Lippen nahm, um sie seinerseits dem jungen Krämer zuzurufen, der sie untereinander reihte. Dabei war alles, im wechselseitigen Einverständnis, auf Unterhaltung, Jux, rednerische Abschweifung berechnet. Es konnte nicht fehlen, daß der Künstler auf Fremde stieß, die mit der inländischen Zahlensprache nicht fertig wurden, und mit denen er sich lange auf hervorgekehrt ritterliche Art bemühte, unter der höflichen Heiterkeit der Landeskinder, die er dann wohl in Verlegenheit brachte, indem er sie nötigte, englisch und französisch vorgebrachte Ziffern zu verdolmetschen. Einige nannten Zahlen, die große Jahre aus der italienischen Geschichte bezeichneten. Cipolla erfaßte sie sofort und knüpfte im Weitergehen patriotische Betrachtungen daran. Jemand sagte »Zero!«, und der Cavaliere, streng beleidigt wie bei jedem Versuch, ihn zum Narren zu halten, erwiderte über die Schulter, das sei eine weniger als zweistellige Zahl, worauf ein anderer Spaßvogel »Null, null« rief und den Heiterkeitserfolg damit hatte, dessen die Anspielung auf natürliche Dinge unter Südländern gewiß sein kann. Der Cavaliere allein hielt sich würdig ablehnend, obgleich er die Anzüglichkeit geradezu herausgefordert hatte; doch gab er achselzuckend auch diesen Rechnungsposten dem Schreiber zu Protokoll.

Als etwa fünfzehn Zahlen in verschieden langen Gliedern auf der Tafel standen, verlangte Cipolla die gemeinsame Addition. Geübte Rechner möchten sie vor der Schrift im Kopfe vornehmen, aber es stand frei, Crayon und Taschenbuch zu Rate zu ziehen. Cipolla saß, während man arbeitete, auf seinem Stuhl neben der Tafel und rauchte grimassierend, mit dem selbstgefällig anspruchsvollen Gehaben des Krüppels. Die fünfstellige Summe war rasch bereit. Jemand teilte sie mit, ein anderer bestätigte sie, das Ergebnis eines Dritten wich etwas ab, das des Vierten stimmte wieder überein. Cipolla stand auf, klopfte sich etwas Asche vom Rock, lüftete das Blatt Papier an der oberen rechten Ecke der Tafel und ließ das dort von ihm Geschriebene sehen. Die richtige Summe, einer Million sich nähernd, stand schon da. Er hatte sie im voraus aufgezeichnet.

Staunen und großer Beifall. Die Kinder waren überwältigt. Wie er das gemacht habe, wollten sie wissen. Wir bedeuteten sie, das sei ein Trick, nicht ohne weiteres zu verstehen, der Mann sei eben ein Zauberkünstler. Nun wußten sie, was das war, die Soiree eines Taschenspielers. Wie erst der Fischer Leibschmerzen bekam und nun das fertige Resultat auf der Tafel stand, – es war herrlich, und wir sahen mit Besorgnis, daß es trotz ihrer heißen Augen und trotzdem die Uhr schon jetzt fast halb elf war, sehr schwer sein würde, sie wegzubringen. Es würde Tränen geben. Und doch war klar, daß dieser Bucklige nicht zauberte, wenigstens nicht im Sinne der Geschicklichkeit, und daß dies gar nichts für Kinder war. Wiederum weiß ich nicht, was eigentlich das Publikum sich dachte; aber um die »freie Wahl« bei Bestimmung der Summanden war es offenbar recht zweifelhaft bestellt gewesen; dieser und jener der Befragten mochte wohl aus sich selbst geantwortet haben, im ganzen aber war deutlich, daß Cipolla sich seine Leute ausgesucht, und daß der Prozeß, abzielend auf das vorgezeichnete Ergebnis, unter seinem Willen gestanden hatte, – wobei immer noch sein rechnerischer Scharfsinn zu bewundern blieb, wenn das andere sich der Bewunderung seltsam entzog. Dazu der Patriotismus und die reizbare Würde: – die Landsleute des Cavaliere mochten sich bei alldem harmlos in ihrem Elemente fühlen und zu Späßen aufgelegt bleiben; den von außen Kommenden mutete die Mischung beklemmend an.

Übrigens sorgte Cipolla selbst dafür, daß der Charakter seiner Künste jedem irgendwie Wissenden unzweifelhaft wurde, freilich ohne daß ein Name, ein Terminus fiel. Er sprach wohl davon, denn er sprach immerwährend, aber nur in unbestimmten, anmaßenden und reklamehaften Ausdrücken. Er ging noch eine Weile auf dem eingeschlagenen experimentellen Wege fort, machte die Rechnungen erst verwickelter, indem er zur Zusammenzählung Übungen aus den anderen Spezies fügte, und vereinfachte sie dann aufs äußerste, um zu zeigen, wie es zuging. Er ließ einfach Zahlen »raten«, die er vorher unter das Blatt Papier geschrieben hatte. Es gelang fast immer. Jemand gestand, daß er eigentlich einen anderen Betrag habe nennen wollen; da aber im selben Augenblick die Reitpeitsche des Cavaliere vor ihm durch die Luft gepfiffen sei, habe er sich die Zahl entschlüpfen lassen, die sich dann auf der Tafel vorgefunden. Cipolla lachte mit den Schultern. Er heuchelte Bewunderung für das Ingenium der Befragten; aber diese Komplimente hatten etwas Höhnisches und Entwürdigendes, ich glaube nicht, daß sie von den Versuchspersonen angenehm empfunden wurden, obgleich sie dazu lächelten und den Beifall teilweise zu ihren Gunsten buchen mochten. Auch hatte ich nicht den Eindruck, daß der Künstler bei seinem Publikum beliebt war. Eine gewisse Abneigung und Aufsässigkeit war durchzufühlen; aber von der Höflichkeit zu schweigen, die solche Regungen im Zaum hielt, verfehlten Cipollas Können, seine strenge Sicherheit nicht, Eindruck zu machen, und selbst die Reitpeitsche trug, meine ich, etwas dazu bei, daß die Revolte im Unterirdischen blieb.

Vom bloßen Zahlenversuch kam er zu dem mit Karten. Es waren zwei Spiele, die er aus der Tasche zog, und so viel weiß ich noch, daß das Grund- und Musterbeispiel der Experimente, die er damit anstellte, dies war, daß er aus dem einen, ungesehen, drei Karten wählte, die er in der Innentasche seines Gehrocks verbarg, und daß dann die Versuchsperson aus dem vorgehaltenen zweiten Spiel ebendiese drei Karten zog, — nicht immer vollkommen die richtigen; es kam vor, daß nur zweie stimmten, aber in der Mehrzahl der Fälle triumphierte Cipolla, wenn er seine drei Blätter veröffentlichte, und dankte leicht für den Beifall, mit dem man wohl oder übel die Kräfte anerkannte, die er bewährte.

Ein junger Herr in vorderster Reihe, rechts von
uns, mit stolz geschnittenem Gesicht, Italiener,
meldete sich und erklärte, er sei entschlossen,
nach klarem Eigenwillen zu wählen und sich jeder wie immer gearteten Beeinflussung bewußt
entgegenzustemmen. Wie Cipolla sich unter
diesen Umständen den Ausgang denke. – »Sie
werden mir«, antwortete der Cavaliere, »damit
meine Aufgabe etwas erschweren. An dem Ergebnis wird Ihr Widerstand nichts ändern. Die
Freiheit existiert, und auch der Wille existiert;
aber die Willensfreiheit existiert nicht, denn ein
Wille, der sich auf seine Freiheit richtet, stößt
ins Leere. Sie sind frei, zu ziehen oder nicht zu
ziehen. Ziehen Sie aber, so werden Sie richtig
ziehen, – desto sicherer, je eigensinniger Sie zu
handeln versuchen.«

Man mußte zugeben, daß er seine Worte nicht
besser hätte wählen können, um die Wasser zu
trüben und seelische Verwirrung anzurichten.
Der Widerspenstige zögerte nervös, bevor er zu-
griff. Er zog eine Karte und verlangte sofort zu
sehen, ob sie unter den verborgenen sei. »Aber
wie?« verwunderte sich Cipolla. »Warum halbe
Arbeit tun?« Da jedoch der Trotzige auf dieser
Vorprobe bestand: – »E servito«, sagte der

Gaukler mit ungewohnt lakaienhafter Gebärde
und zeigte, ohne selbst hinzusehen, sein Drei-
blatt fächerförmig vor. Die links steckende
Karte war die gezogene.

Der Freiheitskämpfer setzte sich zornig, unter
dem Beifall des Saales. Wieweit Cipolla die mit
ihm geborenen Gaben auch noch durch mecha-
nische Tricks und Behendigkeitsmittelchen unterstützte, mochte der Teufel wissen. Eine solche Verquickung angenommen, vereinigte die
ungebundene Neugier aller sich jedenfalls im
Genuß einer phänomenalen Unterhaltung und
in der Anerkennung einer Berufstüchtigkeit, die
niemand leugnete. »Lavora bene!« Wir hörten
die Feststellung da und dort in unserer Nähe,
und sie bedeutete den Sieg sachlicher Gerechtigkeit über Antipathie und stille Empörung.

Vor allem, nach seinem letzten, fragmentari-
schen, doch eben dadurch nur desto eindrucks-
volleren Erfolge, hatte Cipolla sich wieder mit
einem Kognak gestärkt. In der Tat, er »trank
viel«, und das war etwas schlimm zu sehen.
Aber er brauchte Likör und Zigarette offenbar
zur Erhaltung und Erneuerung seiner Spann-
kraft, an die, er hatte es selbst angedeutet, in
mehrfacher Beziehung starke Ansprüche ge-

stellt wurden. Wirklich sah er schlecht aus zwi-
schenein, hohläugig und verfallen. Das Gläschen brachte das jeweils ins gleiche, und seine
Rede lief danach, während der eingeatmete
Rauch ihm grau aus der Lunge sprudelte,
belebt und anmaßend. Ich weiß bestimmt, daß
er von den Kartenkunststücken zu jener Art
von Gesellschaftsspielen überging, die auf
über- oder untervernünftigen Fähigkeiten der
menschlichen Natur, auf Intuition und »ma-
gnetischer« Übertragung, kurzum auf einer
niedrigen Form der Offenbarung beruhen. Nur
die intimere Reihenfolge seiner Leistungen
weiß ich nicht mehr. Auch langweile ich Sie
nicht mit der Schilderung dieser Versuche; jeder kennt sie, jeder hat einmal daran teilgenom-
men, an diesem Auffinden versteckter Gegen-
stände, diesem blinden Ausführen zusammen-
gesetzter Handlungen, zu dem die Anweisung
auf unerforschtem Wege, von Organismus zu
Organismus ergeht. Jeder hat auch dabei seine
kleinen, neugierig-verächtlichen und kopf-
schüttelnden Einblicke in den zweideutig-un-
sauberen und unentwirrbaren Charakter des
Okkulten getan, das in der Menschlichkeit seiner Träger immer dazu neigt, sich mit Humbug

und nachhelfender Mogelei vexatorisch zu ver-
mischen, ohne daß dieser Einschlag etwas gegen die Echtheit anderer Bestandteile des bedenklichen Amalgams bewiese. Ich sage nur,
daß alle Verhältnisse natürlich sich verstärken,
der Eindruck nach jeder Seite an Tiefe gewinnt,
wenn ein Cipolla Leiter und Hauptakteur des
dunklen Spieles ist. Er saß, den Rücken gegen
das Publikum gekehrt, im Hintergrunde des
Podiums und rauchte, während irgendwo im
Saale unter der Hand die Vereinbarungen getroffen wurden, denen er gehorchen, der Ge-
genstand von Hand zu Hand ging, den er aus
seinem Versteck ziehen und mit dem er Vorbe-
stimmtes ausführen sollte. Es war das typische
bald getrieben zustoßende, bald lauschend
stockende Vorwärtstasten, Fehltappen und sich
mit jäh eingegebener Wendung Verbessern, das
er zu beobachten gab, wenn er an der Hand
eines wissenden Führers, der angewiesen war,
sich körperlich rein folgsam zu verhalten, aber
seine Gedanken auf das Verabredete zu richten,
sich zurückgelegten Hauptes und mit vorge-
streckter Hand im Zickzack durch den Saal bewegte. Die Rollen schienen vertauscht, der
Strom ging in umgekehrter Richtung, und der

Künstler wies in immer fließender Rede ausdrücklich darauf hin. Der leidende, emp-
fangende, der ausführende Teil, dessen Wille
ausgeschaltet war, und der einen stummen in
der Luft liegenden Gemeinschaftswillen voll-
führte, war nun er, der solange gewollt und be-
fohlen hatte; aber er betonte, daß es auf eins
hinauslaufe. Die Fähigkeit, sagte er, sich seiner
selbst zu entäußern, zum Werkzeug zu werden,
im unbedingtesten und vollkommensten Sinne
zu gehorchen, sei nur die Kehrseite jener anderen, zu wollen und zu befehlen; es sei ein und
dieselbe Fähigkeit; Befehlen und Gehorchen,
sie bildeten zusammen nur ein Prinzip, eine un-
auflösliche Einheit; wer zu gehorchen wisse, der
wisse auch zu befehlen, und ebenso umgekehrt;
der eine Gedanke sei in dem anderen einbegriffen, wie Volk und Führer ineinander einbegriffen seien, aber die Leistung, die äußerst strenge
und aufreibende Leistung, sei jedenfalls seine,
des Führers und Veranstalters, in welchem der
Wille Gehorsam, der Gehorsam Wille werde,
dessen Person die Geburtsstätte beider sei, und
der es also sehr schwer habe. Er betonte dies
stark und oft, daß er es außerordentlich schwer
habe, wahrscheinlich um seine Stärkungsbe-

dürftigkeit und das häufige Greifen zum Gläschen zu erklären.

Er tappte seherisch umher, geleitet und getragen vom öffentlichen, geheimen Willen. Er zog eine steinbesetzte Nadel aus dem Schuh einer Engländerin, wo man sie verborgen hatte, trug sie stockend und getrieben zu einer anderen Dame – es war Signora Angiolieri – und überreichte sie ihr kniefällig mit vorbestimmten und, wenn auch naheliegenden, so doch nicht leicht zu treffenden Worten; denn sie waren auf Französisch verabredet worden. »Ich mache Ihnen ein Geschenk zum Zeichen meiner Verehrung!« hatte er zu sagen, und uns schien, als läge Bosheit in der Härte dieser Bedingung; ein Zwiespalt drückte sich darin aus zwischen dem Interesse am Gelingen des Wunderbaren und dem Wunsch, der anspruchsvolle Mann möchte eine Niederlage erleiden. Aber sehr merkwürdig war es, wie Cipolla, auf den Knien vor Mme. Angiolieri, unter versuchenden Reden um die Erkenntnis des ihm Aufgegebenen rang. »Ich muß etwas sagen«, äußerte er, »und ich fühle deutlich, was es zu sagen gilt. Dennoch fühle ich zugleich, daß es falsch würde, wenn ich es über die Lippen ließe. Hüten Sie sich, mir mit

irgendeinem unwillkürlichen Zeichen zu Hilfe
zu kommen!«‘ rief er aus, obgleich oder weil
zweifellos gerade dies es war, worauf er
hoffte... »Pensez très fort!« rief er auf einmal in
schlechtem Französisch und sprudelte dann
den befohlenen Satz zwar auf Italienisch hervor, aber so, daß er das Schluß- und Hauptwort
plötzlich in die ihm wahrscheinlich ganz unge-
läufige Schwestersprache fallen ließ und statt
»venerazione« »vénération« mit einem unmög-
lichen Nasal am Ende sagte, – ein Teilerfolg,
der nach den schon vollendeten Leistungen,
dem Auffinden der Nadel, dem Gang zur Emp-
fängerin und dem Kniefall, fast eindrucksvoller
wirkte, als der restlose Sieg es getan hätte, und
bewunderungsvollen Beifall hervorrief.
Cipolla trocknete sich aufstehend den Schweiß
von der Stirn. Sie verstehen, daß ich nur ein
Beispiel seiner Arbeit gab, indem ich von der
Nadel erzählte, – es ist mir besonders im Gedächtnis geblieben. Aber er wandelte die
Grundform mehrfach ab und durchflocht diese
Versuche, so daß viel Zeit darüber verging, mit
Improvisationen verwandter Art, zu denen die
Berührung mit dem Publikum ihm auf Schritt
und Tritt verhalf. Namentlich von der Person

unserer Wirtin schien Eingebung auf ihn auszu-
gehen; sie entlockte ihm verblüffende Wahrsa-
gungen. »Es entgeht mir nicht, Signora«, sagte
er zu ihr, »daß es mit Ihnen eine besondere und
ehrenvolle Bewandtnis hat. Wer zu sehen weiß,
der erblickt um Ihre reizende Stirn einen
Schein, der, wenn mich nicht alles täuscht, einst
stärker war als heute, einen langsam verblei-
chenden Schein... Kein Wort! Helfen Sie mir
nicht! An Ihrer Seite sitzt Ihr Gatte – nicht
wahr«, wandte er sich an den stillen Herrn Angiolieri, »Sie sind der Gatte dieser Dame, und
Ihr Glück ist vollkommen. Aber in dieses Glück
hinein ragen Erinnerungen... fürstliche Erinnerungen... Das Vergangene, Signora, spielt in
Ihrem gegenwärtigen Leben, wie mir scheint,
eine bedeutende Rolle. Sie kannten einen
König... hat nicht ein König in vergangenen
Tagen Ihren Lebensweg gekreuzt?«

»Doch nicht«, hauchte die Spenderin unserer
Mittagssuppe, und ihre braungoldenen Augen
schimmerten in der Edelblässe ihres Gesich-
tes.

»Doch nicht? Nein, kein König, ich sprach
gleichsam nur im rohen und unreinen. Kein König, kein Fürst, – aber dennoch ein Fürst, ein

König höherer Reiche. Ein großer Künstler war
es, an dessen Seite Sie einst... Sie wollen mir
widersprechen, und doch können Sie es nicht
mit voller Entschiedenheit, können es nur zur
Hälfte tun. Nun denn! Es war eine große, eine
weltberühmte Künstlerin, deren Freund-
schaft Sie in zarter Jugend genossen, und deren
heiliges Gedächtnis Ihr ganzes Leben über-
schattet und verklärt... Den Namen? Ist es nö-
tig, Ihnen den Namen zu nennen, dessen Ruhm
sich längst mit dem des Vaterlandes verbunden
hat und mit ihm unsterblich ist? Eleonora
Duse«, schloß er leise und feierlich.
Die kleine Frau nickte überwältigt in sich hinein. Der Applaus glich einer nationalen Kund-
gebung. Fast jedermann im Saale wußte von
Frau Angiolieris bedeutender Vergangenheit
und vermochte also die Intuition des Cavaliere
zu würdigen, voran die anwesenden Gäste der
Casa Eleonora. Es fragte sich nur, wieviel er
selbst davon gewußt, beim ersten berufsmäßi-
gen Umhorchen nach seiner Ankunft in Torre
davon in Erfahrung gebracht haben mochte...
Aber ich habe gar keinen Grund, Fähigkeiten,
die ihm vor unseren Augen zum Verhängnis
wurden, rationalistisch zu verdächtigen...

Vor allem gab es nun eine Pause, und unser Ge-
bieter zog sich zurück. Ich gestehe, daß ich
mich vor diesem Punkte meines Berichtes ge-
fürchtet habe, fast seit ich zu erzählen begann.
Die Gedanken der Menschen zu lesen, ist mei-
stens nicht schwer, und hier ist es sehr leicht.
Unfehlbar werden Sie mich fragen, warum wir
nicht endlich weggegangen seien, – und ich
muß Ihnen die Antwort schuldig bleiben. Ich
verstehe es nicht und weiß mich tatsächlich
nicht zu verantworten. Es muß damals bestimmt schon mehr als elf Uhr gewesen sein,
wahrscheinlich noch später. Die Kinder schliefen. Die letzte Versuchsserie war für sie recht
langweilig gewesen, und so hatte die Natur es
leicht, ihr Recht zu erkämpfen. Sie schliefen auf
unseren Knien, die Kleine auf den meinen, der
Junge auf denen der Mutter. Das war einerseits
tröstlich, dann aber doch auch wieder ein
Grund zum Erbarmen und eine Mahnung, sie in
ihre Betten zu bringen. Ich versichere, daß wir
ihr gehorchen wollten, dieser rührenden Mahnung, es ernstlich wollten. Wir weckten die armen Dinger mit der Versicherung, nun sei es
entschieden die höchste Zeit zur Heimkehr.
Aber ihr flehentlicher Widerstand begann mit

dem Augenblick ihrer Selbstbesinnung, und Sie wissen, daß der Abscheu von Kindern gegen das vorzeitige Verlassen einer Unterhaltung nur zu brechen, nicht zu überwinden ist. Es sei herrlich beim Zauberer, klagten sie, wir wüßten nicht, was noch kommen solle, man müsse wenigstens abwarten, womit er nach der Pause beginnen werde, sie schliefen gern zwischendurch ein bißchen, aber nur nicht nach Hause, nur nicht ins Bett, während der schöne Abend hier weitergehe!

Wir gaben nach, wenn auch, soviel wir wußten, nur für den Augenblick, für eine Weile noch, vorläufig. Zu entschuldigen ist es nicht, daß wir blieben, und es zu erklären fast ebenso schwer. Glaubten wir B sagen zu müssen, nachdem wir A gesagt und irrtümlicherweise die Kinder überhaupt hierher gebracht hatten? Ich finde das ungenügend. Unterhielten wir selbst uns denn? Ja und nein, unsere Gefühle für Cavaliere Cipolla waren höchst gemischter Natur, aber das waren, wenn ich nicht irre, die Gefühle des ganzen Saales, und dennoch ging niemand weg. Unterlagen wir einer Faszination, die von diesem auf so sonderbare Weise sein Brot verdienenden Manne auch neben dem Programm, auch zwischen den Kunststücken ausging und unsere Entschlüsse lähmte? Ebensogut mag die bloße Neugier in Rechnung zu stellen sein. Man möchte wissen, wie ein Abend sich fortsetzen wird, der so begonnen hat, und übrigens hatte Cipolla seinen Abgang mit Ankündigungen begleitet, die darauf schließen ließen, daß er seinen Sack keineswegs geleert habe und eine Steigerung der Effekte zu erwarten sei.

Aber das alles ist es nicht, oder es ist nicht alles. Das richtigste wäre die Frage, warum wir jetzt nicht gingen, mit der anderen zu beantworten, warum wir vorher Torre nicht verlassen hatten. Das ist meiner Meinung nach ein und dieselbe Frage, und um mich herauszuwinden, könnte ich einfach sagen, ich hätte sie schon beantwortet. Es ging hier geradeso merkwürdig und spannend, geradeso unbehaglich, kränkend und bedrückend zu wie in Torre überhaupt, ja, mehr als geradeso: dieser Saal bildete den Sammelpunkt aller Merkwürdigkeit, Nichtgeheuerlichkeit und Gespanntheit, womit uns die Atmosphäre des Aufenthaltes geladen schien; dieser Mann, dessen Rückkehr wir erwarteten, dünkte uns die Personifikation von alldem; und da wir im großen nicht »abgereist« waren, wäre es unlogisch gewesen, es sozusagen im kleinen zu tun. Nehmen Sie das als Erklärung unserer Seßhaftigkeit an oder nicht! Etwas Besseres weiß ich einfach nicht vorzubringen. –

Es gab also eine Pause von zehn Minuten, aus denen annähernd zwanzig wurden. Die Kinder, wach geblieben und entzückt von unserer Nachgiebigkeit, wußten sie vergnüglich auszufüllen. Sie nahmen ihre Beziehungen zur volkstümlichen Sphäre wieder auf, zu Antonio, zu Guiscardo, zu dem Manne der Paddelboote. Sie riefen den Fischern durch die hohlen Hände Wünsche zu, deren Wortlaut sie von uns eingeholt hatten: »Morgen viele Fischchen!« »Ganz voll die Netze!« Sie riefen zu Mario, dem Kellnerburschen vom »Esquisito«, hinüber: »Mario, una cioccolata e biscotti!« Und er gab acht diesmal und antwortete lächelnd: »Subito!« Wir bekamen Gründe, dies freundliche und etwas zerstreutmelancholische Lächeln im Gedächtnis zu bewahren.

So ging die Pause herum, der Gongschlag ertönte, das in Plauderei gelöste Publikum sammelte sich, die Kinder rückten sich begierig auf ihren Stühlen zurecht, die Hände im Schoß. Die Bühne war offengeblieben. Cipolla betrat sie ausladenden Schrittes und begann sofort, die zweite Folge seiner Darbietungen conférence-mäßig einzuleiten.

Lassen Sie mich zusammenfassen: Dieser selbstbewußte Verwachsene war der stärkste Hypnotiseur, der mir in meinem Leben vorgekommen. Wenn er der Öffentlichkeit über die Natur seiner Vorführungen Sand in die Augen gestreut und sich als Geschicklichkeitskünstler angekündigt hatte, so hatten damit offenbar nur polizeiliche Bestimmungen umgangen werden sollen, die eine gewerbsmäßige Ausübung dieser Kräfte grundsätzlich verpönten. Vielleicht ist die formale Verschleierung in solchen Fällen landesüblich und amtlich geduldet oder halb geduldet. Jedenfalls hatte der Gaukler praktisch aus dem wahren Charakter seiner Wirkungen von Anfang an wenig Hehl gemacht, und die zweite Hälfte seines Programms nun war ganz offen und ausschließlich auf den Spezialversuch, die Demonstration der Willensentziehung und -aufnötigung, gestellt, wenn auch rein rednerisch immer noch die Umschreibung herrschte. In einer langwierigen Serie komischer, aufregender, erstaunlicher Versuche, die um Mitternacht noch in vollem Gange waren, bekam man vom Unscheinbaren bis zum Ungeheuerlichen alles zu sehen, was dies natürlich-unheimliche Feld an Phänomenen zu bieten hat, und den grotesken Einzelheiten folgte ein lachendes, kopfschüttelndes, sich aufs Knie schlagendes, applaudierendes Publikum, das deutlich im Bann einer Persönlichkeit von strenger Selbstsicherheit stand, obgleich es, wie mir wenigstens schien, nicht ohne widerspenstiges Gefühl für das eigentümlich Entehrende war, das für den einzelnen und für alle in Cipollas Triumphen lag.

Zwei Dinge spielten die Hauptrolle bei diesen Triumphen: das Stärkungsgläschen und die Reitpeitsche mit dem Klauengriff. Das eine mußte immer wieder dazu dienen, seiner Dämonie einzuheizen, da sonst, wie es schien, Erschöpfung gedroht hätte; und das hätte menschlich besorgt stimmen können um den Mann, wenn nicht das andere, dies beleidigende Symbol seiner Herrschaft, gewesen wäre, diese pfeifende Fuchtel, unter die seine Anmaßung uns alle stellte, und deren Mitwirkung weichere Empfindungen als die einer verwunderten und vertrotzten Unterwerfung nicht aufkommen ließ. Vermißte er sie? Beanspruchte er auch

noch unser Mitgefühl? Wollte er alles haben?
Eine Äußerung von ihm prägte sich mir ein, die
auf solche Eifersucht schließen ließ. Er tat sie,
als er, auf dem Höhepunkt seiner Experimente,
einen jungen Menschen, der sich ihm zur Ver-
fügung gestellt und sich längst als besonders
empfängliches Objekt dieser Einflüsse erwie-
sen, durch Striche und Anhauch vollkommen
kataleptisch gemacht hatte, dergestalt, daß er
den in Tiefschlaf Gebannten nicht nur mit
Nacken und Füßen auf die Lehnen zweier Stühle
legen, sondern sich ihm auch auf den Leib
setzen konnte, ohne daß der brettstarre Körper
nachgab. Der Anblick des Unholds im Salon-
rock, hockend auf der verholzten Gestalt, war
unglaubwürdig und scheußlich, und das
Publikum, in der Vorstellung, daß das Opfer
dieser wissenschaftlichen Kurzweil leiden
müsse, äußerte Erbarmen. »Poveretto!« »Armer
Kerl!« riefen gutmütige Stimmen. »Poveretto!«
höhnte Cipolla erbittert. »Das ist falsch adres-
siert, meine Herrschaften! Sono io, il Poveretto!
Ich bin es, der das alles duldet.« Man steckte die
Lehre ein. Gut, er selbst mochte es sein, der die
Kosten der Unterhaltung trug und der vorstel-
lungsweise auch die Leibschmerzen auf sich ge-

nommen haben mochte, von denen der Giovanotto die erbärmliche Grimasse lieferte. Aber der
Augenschein sprach dagegen, und man ist nicht
aufgelegt, Poveretto zu jemandem zu sagen, der
für die Entwürdigung der anderen leidet.
Ich habe vorgegriffen und die Reihenfolge ganz
beiseite geworfen. Mein Kopf ist noch heute voll
von Erinnerungen an des Cavaliere Dulderta-
ten, nur weiß ich nicht mehr Ordnung darin zu
halten, und es kommt auf sie auch nicht an. Soviel aber weiß ich, daß die großen und um-
ständlichen, die am meisten Beifall fanden, mir
weniger Eindruck machten als gewisse kleine
und rasch vorübergehende. Das Phänomen des
Jungen als Sitzbank kam mir soeben nur der
daran geknüpften Zurechtweisung wegen
gleich in den Sinn... Daß aber eine ältere
Dame, auf einem Strohstuhl schlafend, von Cipolla in die Illusion gewiegt wurde, sie mache
eine Reise nach Indien, und aus der Trance sehr
beweglich von ihren Abenteuern zu Wasser und
zu Lande kündete, beschäftigte mich viel weniger, und ich fand es weniger toll, als daß, gleich
nach der Pause, ein hoch und breit gebauter
Herr militärischen Ansehens den Arm nicht
mehr heben konnte, nur weil der Bucklige ihm

ankündigte, er werde es nicht mehr tun können, und einmal seine Reitpeitsche dazu durch die Luft pfeifen ließ. Ich sehe noch immer das Gesicht dieses schnurrbärtig stattlichen Colonnello vor mir, dies lächelnde Zähnezusammenbeißen im Ringen nach einer eingebüßten Verfügungsfreiheit. Was für ein konfuser Vorgang! Er schien zu wollen und nicht zu können; aber er konnte wohl nur nicht wollen, und es waltete da jene die Freiheit lähmende Verstrickung des Willens in sich selbst, die unser Bändiger vorhin schon dem römischen Herrn höhnisch vorausgesagt hatte.

Noch weniger vergesse ich in ihrer rührenden und geisterhaften Komik die Szene mit Frau Angiolieri, deren ätherische Widerstandslosigkeit gegen seine Macht der Cavaliere gewiß schon bei seiner ersten dreisten Umschau im Saale erspäht hatte. Er zog sie durch pure Behexung buchstäblich von ihrem Stuhl empor, aus ihrer Reihe heraus mit sich fort, und dabei hatte er, um sein Licht besser leuchten zu lassen, Herrn Angiolieri aufgegeben, seine Frau mit Vornamen zu rufen, gleichsam um das Gewicht seines Daseins und seiner Rechte in die Waagschale zu werfen und mit der Stimme des Gatten alles in der Seele der Gefährtin wachzurufen, was ihre Tugend gegen bösen Zauber zu schützen vermochte. Doch wie vergeblich geschah es! Cipolla, in einiger Entfernung von dem Ehepaar, ließ einmal seine Peitsche pfeifen, mit der Wirkung, daß unsere Wirtin heftig zusammenzuckte und ihm ihr Gesicht zuwandte. »Sofronia!« rief Herr Angiolieri schon hier (wir hatten gar nicht gewußt, daß Frau Angiolieri Sofronia mit Vornamen hieß), und mit Recht begann er zu rufen, denn jedermann sah, daß Gefahr im Verzuge war: seiner Gattin Antlitz blieb unverwandt gegen den verfluchten Cavaliere gerichtet. Dieser nun, die Peitsche ans Handgelenk gehängt, begann mit allen seinen zehn langen und gelben Fingern winkende und ziehende Bewegungen gegen sein Opfer zu vollführen und schrittweise rückwärts zu gehen. Da stieg Frau Angiolieri in schimmernder Blässe von ihrem Sitze auf, wandte sich ganz nach der Seite des Beschwörers und fing an, ihm nachzuschweben. Geisterhafter und fataler Anblick! Mondsüchtigen Ausdrucks, die Arme steif, die schönen Hände etwas aus dem Gelenk erhoben und wie mit geschlossenen Füßen schien sie langsam aus ihrer Bank herauszugleiten, dem

ziehenden Verführer nach... »Rufen Sie, mein
Herr, rufen Sie doch!« mahnte der Schreck-
liche. Und Herr Angiolieri rief mit schwacher
Stimme: »Sofronia!« Ach, mehrmals rief er es
noch, hob sogar, da sein Weib sich mehr und
mehr von ihm entfernte, eine hohle Hand zum
Munde und winkte mit der andern beim Rufen.
Aber ohnmächtig verhallte die arme Stimme
der Liebe und Pflicht im Rücken einer Verlore-
nen, und in mondsüchtigem Gleiten, berückt
und taub, schwebte Frau Angiolieri dahin, in
den Mittelgang, ihn entlang, gegen den fingern-
den Bucklingen, auf die Ausgangstür zu. Der
Eindruck war zwingend und vollkommen, daß
sie ihrem Meister, wenn dieser gewollt hätte, so
bis ans Ende der Welt gefolgt wäre.

»Accidente!« rief Herr Angiolieri in wirklichem
Schrecken und sprang auf, als die Saaltür erreicht war. Aber im selben Augenblick ließ der
Cavaliere den Siegeskranz gleichsam fallen und
brach ab. »Genug, Signora, ich danke Ihnen«,
sagte er und bot der aus Wolken zu sich Kommenden mit komödiantischer Ritterlichkeit den
Arm, um sie Herrn Angiolieri wieder zuzufüh-
ren. »Mein Herr«, begrüßte er diesen, »hier ist
Ihre Gemahlin! Unversehrt, nebst meinen

Komplimenten, liefere ich sie in Ihre Hände zurück. Hüten Sie mit allen Kräften Ihrer Männlichkeit einen Schatz, der so ganz der Ihre ist,
und befeuern Sie Ihre Wachsamkeit durch die
Einsicht, daß es Mächte gibt, die stärker als
Vernunft und Tugend und nur ausnahmsweise
mit der Hochherzigkeit der Entsagung gepaart
sind!«

Der arme Herr Angiolieri, still und kahl! Er sah
nicht aus, als ob er sein Glück auch nur gegen
minder dämonische Mächte zu schützen gewußt hätte, als diejenigen waren, die hier zum
Schrecken auch noch den Hohn fügten. Gravi-
tätisch und gebläht kehrte der Cavaliere aufs
Podium zurück unter einem Beifall, dem seine
Beredsamkeit doppelte Fülle verliehen hatte.
Namentlich durch diesen Sieg, wenn ich mich
nicht irre, war seine Autorität auf einen Grad
gestiegen, daß er sein Publikum tanzen lassen
konnte, – ja, tanzen. Das ist ganz wörtlich zu
verstehen, und es brachte eine gewisse Ausar-
tung, ein gewisses spätnächtliches Drunter und
Drüber der Gemüter, eine trunkene Auflösung
der kritischen Widerstände mit sich, die so
lange dem Wirken des unangenehmen Mannes
entgegengestanden waren. Freilich hatte er um

die Vollendung seiner Herrschaft hart zu kämpfen, und zwar gegen die Aufsässigkeit des jungen römischen Herrn, dessen moralische Versteifung ein dieser Herrschaft gefährliches öffentliches Beispiel abzugeben drohte. Gerade auf die Wichtigkeit des Beispiels aber verstand sich der Cavaliere, und klug genug, den Ort des geringsten Widerstandes zum Angriffspunkt zu wählen, ließ er die Tanzorgie durch jenen schwächlichen und zur Entgeisterung geneigten Jüngling einleiten, den er vorhin schon stocksteif gemacht hatte. Dieser hatte eine Art, sobald ihn der Meister nur mit dem Blicke anfuhr, wie vom Blitz getroffen den Oberkörper zurückzuwerfen und, Hände an der Hosennaht, in einen Zustand von militärischem Somnambulismus zu verfallen, daß seine Erbötigkeit zu jedem Unsinn, den man ihm auferlegen würde, von vornherein in die Augen sprang. Auch schien er in der Hörigkeit sich ganz zu behagen und seine armselige Selbstbestimmung gern los zu sein; denn immer wieder bot er sich als Versuchsobjekt an und setzte sichtlich seine Ehre darein, ein Musterbeispiel prompter Entseelung und Willenlosigkeit zu bieten. Auch jetzt stieg er aufs Podium, und nur eines Luftstreiches der

Peitsche bedurfte es, um ihn nach der Weisung
des Cavaliere dort oben »Step« tanzen zu lassen, das heißt in einer Art von wohlgefälliger
Ekstase mit geschlossenen Augen und wiegen-
dem Kopf seine dürftigen Glieder nach allen
Seiten zu schleudern.

Offenbar war das vergnüglich, und es dauerte
nicht lange, bis er Zuzug fand und zwei weitere
Personen, ein schlicht und ein gut gekleideter
Jüngling, zu seinen beiden Seiten den »Step«
vollführten. Hier nun war es, daß der Herr aus
Rom sich meldete und trotzig anfragte, ob der
Cavaliere sich anheischig mache, ihn tanzen zu
lehren, auch wenn er nicht wolle.

»Auch wenn Sie nicht wollen!« antwortete Cipolla in einem Ton, der mir unvergeßlich ist.
Ich habe dies fürchterliche »Anche se non
vuole!« noch immer im Ohr. Und dann also begann der Kampf. Cipolla, nachdem er ein Gläschen genommen und sich eine frische Zigarette
angezündet, stellte den Römer irgendwo im
Mittelgang auf, das Gesicht der Ausgangstür
zugewandt, nahm selbst in einiger Entfernung
hinter ihm Aufstellung und ließ seine Peitsche
pfeifen, indem er befahl: »Balla!« Sein Gegner
rührte sich nicht. »Balla!« wiederholte der Ca-

valiere mit Bestimmtheit und schnippte. Man
sah, wie der junge Mann den Hals im Kragen
rückte und wie gleichzeitig eine seiner Hände
sich aus dem Gelenke hob, eine seiner Fersen
sich auswärts kehrte. Bei solchen Anzeichen
einer zuckenden Versuchung aber, Anzeichen,
die jetzt sich verstärkten, jetzt wieder zur Ruhe
gebracht wurden, blieb es lange Zeit. Niemand
verkannte, daß hier ein vorgefaßter Entschluß
zum entschiedenen Widerstande, eine heroische
Hartnäckigkeit zu besiegen waren; dieser Brave
wollte die Ehre des Menschengeschlechtes her-
aushauen, er zuckte, aber er tanzte nicht, und
der Versuch zog sich so sehr in die Länge, daß
der Cavaliere genötigt war, seine Aufmerksamkeit zu teilen; hier und da wandte er sich nach der
Bühne und den dort Zappelnden um und ließ
seine Peitsche gegen sie pfeifen, um sie in Zucht
zu halten, nicht ohne, seitwärts sprechend, das
Publikum darüber zu belehren, daß jene Ausge-
lassenen nachher keinerlei Ermüdung empfinden würden, so lange sie auch tanzten, denn
nicht sie seien es eigentlich, die es täten, sondern
er. Dann bohrte er wieder den Blick in den Nak-
ken des Römers, die Willensfeste zu berennen,
die sich seiner Herrschaft entgegenstellte.

Man sah sie unter seinen immer wiederholten Hieben und unentwegten Anrufen wanken, diese Feste, – sah es mit einer sachlichen Anteilnahme, die von affekthaften Einschlägen, von Bedauern und grausamer Genugtuung nicht frei war. Verstand ich den Vorgang recht, so unterlag dieser Herr der Negativität seiner Kampfposition. Wahrscheinlich kann man vom Nichtwollen seelisch nicht leben; eine Sache nicht tun wollen, das ist auf die Dauer kein Lebensinhalt; etwas nicht wollen und überhaupt nicht mehr wollen, also das Geforderte dennoch tun, das liegt vielleicht zu benachbart, als daß nicht die Freiheitsidee dazwischen ins Gedränge geraten müßte, und in dieser Richtung bewegten sich denn auch die Zureden, die der Cavaliere zwischen Peitschenhiebe und Befehle einflocht, indem er Einwirkungen, die sein Geheimnis waren, mit verwirrend psychologischen mischte. »Balla!« sagte er. »Wer wird sich so quälen? Nennst du es Freiheit – diese Vergewaltigung deiner selbst? Una ballatina! Es reißt dir ja an allen Gliedern. Wie gut wird es sein, ihnen endlich den Willen zu lassen! Da, du tanzest ja schon! Das ist kein Kampf mehr, das ist bereits das Vergnügen!« – So war es, das Zuk-

ken und Zerren im Körper des Widerspenstigen
nahm überhand, er hob die Arme, die Knie, auf
einmal lösten sich alle seine Gelenke, er warf die
Glieder, er tanzte, und so führte der Cavaliere
ihn, während die Leute klatschten, aufs
Podium, um ihn den anderen Hampelmännern
anzureihen. Man sah nun das Gesicht des Un-
terworfenen, es war dort oben veröffentlicht. Er
lächelte breit, mit halb geschlossenen Augen,
während er sich »vergnügte«. Es war eine Art
von Trost, zu sehen, daß ihm offenbar wohler
war jetzt als zur Zeit seines Stolzes...
Man kann sagen, daß sein »Fall« Epoche
machte. Mit ihm war das Eis gebrochen, Cipollas Triumph auf seiner Höhe; der Stab der
Kirke, diese pfeifende Ledergerte mit Klauengriff, herrschte unumschränkt. Zu dem Zeitpunkt, den ich im Sinne habe, und der ziemlich
weit nach Mitternacht gelegen gewesen sein
muß, tanzten auf der kleinen Bühne acht oder
zehn Personen, aber auch im Saale selbst gab es
allerlei Beweglichkeit, und eine Angelsächsin
mit Zwicker und langen Zähnen war, ohne daß
der Meister sich auch nur um sie gekümmert
hätte, aus ihrer Reihe hervorgekommen, um
im Mittelgang eine Tarantella aufzuführen.

Cipolla unterdessen saß in lässiger Haltung auf einem Strohstuhl links auf dem Podium, verschlang den Rauch einer Zigarette und ließ ihn durch seine häßlichen Zähne arrogant wieder ausströmen. Fußwippend und zuweilen mit den Schultern lachend blickte er in die Gelöstheit des Saales und ließ von Zeit zu Zeit, halb rückwärts, die Peitsche gegen einen Zappler pfeifen, der im Vergnügen nachlassen wollte. Die Kinder waren wach um diese Zeit. Ich erwähne sie mit Beschämung. Hier war nicht gut sein, für sie am wenigsten, und daß wir sie immer noch nicht fortgeschafft hatten, kann ich mir nur mit einer gewissen Ansteckung durch die allgemeine Fahrlässigkeit erklären, von der zu dieser Nachtstunde auch wir ergriffen waren. Es war nun schon alles einerlei. Übrigens und gottlob fehlte ihnen der Sinn für das Anrüchige dieser Abendunterhaltung. Ihre Unschuld entzückte sich immer aufs neue an der außerordentlichen Erlaubnis, einem solchen Spektakel, der Soiree des Zauberkünstlers, beizuwohnen. Immer wieder hatten sie viertelstundenweise auf unseren Knien geschlafen und lachten nun mit roten Backen und trunkenen Augen von Herzen über die Sprünge, die der Herr des Abends die Leute machen ließ. Sie hatten es sich so lustig nicht gedacht, sie beteiligten sich mit ungeschickten Händchen freudig an jedem Applaus. Aber vor Lust hüpften sie nach ihrer Art von den Stühlen empor, als Cipolla ihrem Freunde Mario, Mario vom »Esquisito«, winkte, – ihm winkte, recht wie es im Buche steht, indem er die Hand vor die Nase hielt und abwechselnd den Zeigefinger lang aufrichtete und zum Haken krümmte.

Mario gehorchte. Ich sehe ihn noch die Stufen hinauf zum Cavaliere steigen, der dabei immer fortfuhr, in jener grotesk-musterhaften Art mit dem Zeigefinger zu winken. Einen Augenblick hatte der junge Mensch gezögert, auch daran erinnere ich mich genau. Er hatte während des Abends mit verschränkten Armen oder die Hände in den Taschen seiner Jacke im Seitengange an einem Holzpfeiler gelehnt, links von uns, dort, wo auch der Giovanotto mit der kriegerischen Haartracht stand, und war den Darbietungen, soviel wir gesehen hatten, aufmerksam, aber ohne viel Heiterkeit und Gott weiß mit wieviel Verständnis gefolgt. Zu guter Letzt noch zur Mittätigkeit angehalten zu werden war ihm sichtlich nicht angenehm. Den-

noch war es nur zu begreiflich, daß er dem Winken folgte. Das lag schon in seinem Beruf; und
außerdem war es wohl eine seelische Unmög-
lichkeit, daß ein schlichter Bursche wie er dem
Zeichen eines so im Erfolg thronenden Mannes,
wie Cipolla es zu dieser Stunde war, hätte den
Gehorsam verweigern sollen. Gern oder ungern,
er löste sich also von seinem Pfeiler, dankte denen, die, vor ihm stehend und sich umschau-
end, ihm den Weg zum Podium freigaben, und
stieg hinauf, ein zweifelndes Lächeln um seine
aufgeworfenen Lippen.

Stellen Sie ihn sich vor als einen untersetzt ge-
bauten Jungen von zwanzig Jahren mit kurz-
geschorenem Haar, niedriger Stirn und zu
schweren Lidern über Augen, deren Farbe ein
unbestimmtes Grau mit grünen und gelben
Einschlägen war. Das weiß ich genau, denn wir
hatten oft mit ihm gesprochen. Das Obergesicht
mit der eingedrückten Nase, die einen Sattel
von Sommersprossen trug, trat zurück gegen
das untere, von den dicken Lippen beherrschte,
zwischen denen beim Sprechen die feuchte
Zähne sichtbar wurden, und diese Wulstlippen
verliehen zusammen mit der Verhülltheit der
Augen seiner Physiognomie eine primitive

Schwermut, die gerade der Grund gewesen war,
weshalb wir von jeher etwas übriggehabt hatten
für Mario. Von Brutalität des Ausdrucks konnte
keine Rede sein; dem hätte schon die unge-
wöhnliche Schmalheit und Feinheit seiner
Hände widersprochen, die selbst unter Südländern als nobel auffielen, und von denen man
sich gern bedienen ließ.

Wir kannten ihn menschlich, ohne ihn persönlich zu kennen, wenn Sie mir die Unterschei-
dung erlauben wollen. Wir sahen ihn fast täglich und hatten eine gewisse Teilnahme gefaßt
für seine träumerische, leicht in Geistesabwe-
senheit sich verlierende Art, die er in hastigem
Übergang durch eine besondere Dienstfertig-
keit korrigierte; sie war ernst, höchstens durch
die Kinder zum Lächeln zu bringen, nicht mür-
risch, aber unschmeichlerisch, ohne gewollte
Liebenswürdigkeit, oder vielmehr: sie verzich-
tete auf Liebenswürdigkeit, sie machte sich offenbar keine Hoffnung, zu gefallen. Seine Figur
wäre uns auf jeden Fall im Gedächtnis geblieben, eine der unscheinbaren Reiseerinnerun-
gen, die man besser behält als manche erheb-
lichere. Von seinen Umständen aber wußten
wir nichts weiter, als daß sein Vater ein kleiner

Schreiber im Municipio und seine Mutter Wä-
scherin war.

Die weiße Jacke, in der er servierte, kleidete ihn
besser als der verschossene Complet aus dün-
nem, gestreiftem Stoff, in dem er jetzt da hin-
aufstieg, keinen Kragen um den Hals, sondern
ein geflammtes Seidentuch, über dessen Enden
die Jacke geschlossen war. Er trat an den Cavaliere heran, aber dieser hörte nicht auf, seinen
Fingerhaken vor der Nase zu bewegen, so daß
Mario noch näher treten mußte, neben die
Beine des Gewaltigen, unmittelbar an den
Stuhlsitz heran, worauf Cipolla ihn mit ge-
spreizten Ellbogen anfaßte und ihm eine Stellung gab, daß wir sein Gesicht sehen konnten.
Er musterte ihn lässig, herrscherlich und heiter
von oben bis unten.

»Was ist das, ragazzo mio?« sagte er. »So spät
machen wir Bekanntschaft? Dennoch kannst
du mir glauben, daß ich die deine längst gemacht habe... Aber ja, ich habe dich längst ins
Auge gefaßt und mich deiner vortrefflichen
Eigenschaften versichert. Wie konnte ich dich
wieder vergessen? So viele Geschäfte, weißt
du... Sag mir doch, wie nennst du dich? Nur
den Vornamen will ich wissen.«

»Mario heiße ich«, antwortete der junge Mensch leise.

»Ah, Mario, sehr gut. Doch, der Name kommt vor. Ein verbreiteter Name. Ein antiker Name, einer von denen, die die heroischen Überlieferungen des Vaterlandes wach erhalten. Bravo. Salve!« Und er streckte Arm und flache Hand aus seiner schiefen· Schulter zum römischen Gruß schräg aufwärts. Wenn er etwas betrunken war, so konnte das nicht wundernehmen; aber er sprach nach wie vor sehr klar akzentuiert und geläufig, wenn auch um diese Zeit in sein ganzes Gehaben und auch in den Tonfall seiner Worte etwas Sattes und Paschahaftes, etwas von Räkelei und Übermut eingetreten war.

»Also denn, mein Mario«, fuhr er fort, »es ist schön, daß du heute abend gekommen bist und noch dazu ein so schmuckes Halstuch angelegt hast, das dir exzellent zu Gesichte steht und dir bei den Mädchen nicht wenig zustatten kommen wird, den reizenden Mädchen von Torre di Venere...«

Von den Stehplätzen her, ungefähr von dort, wo auch Mario gestanden hatte, ertönte ein Lachen, – es war der Giovanotto mit der Kriegsfrisur, der es ausstieß, er stand dort mit seiner geschulterten Jacke und lachte »Haha!« recht roh und höhnisch.

Mario zuckte, glaube ich, die Achseln. Jedenfalls zuckte er. Vielleicht war es eigentlich ein Zusammenzucken und die Bewegung der Achseln nur eine halb nachträgliche Verkleidung dafür, mit der er bekunden wollte, daß das Halstuch sowohl wie das schöne Geschlecht ihm gleichgültig seien.

Der Cavaliere blickte flüchtig hinunter.

»Um den da kümmern wir uns nicht«, sagte er, »er ist eifersüchtig, wahrscheinlich auf die Erfolge deines Tuches bei den Mädchen, vielleicht auch, weil wir uns hier oben so freundschaftlich unterhalten, du und ich... Wenn er will, erinnere ich ihn an seine Kolik. Das kostet mich gar nichts. Sage ein bißchen, Mario: Du zerstreust dich heute abend... Und am Tage bedienst du also in einem Kurzwarengeschäft?«

»In einem Café«, verbesserte der Junge.

»Vielmehr in einem Café! Da hat der Cipolla einmal danebengehauen. Ein Cameriere bist du, ein Schenke, ein Ganymed, – das lasse ich mir gefallen, noch eine antike Erinnerung, – salvietta!« Und dazu streckte der Cavaliere

zum Gaudium des Publikums aufs neue grü-
ßend den Arm aus.

Auch Mario lächelte. »Früher aber«, flocht er
dann rechtlicherweise ein, »habe ich einige
Zeit in Portoclemente in einem Laden bedient.«
Es war in seiner Bemerkung etwas von dem
menschlichen Wunsch, einer Wahrsagung nach-
zuhelfen, ihr Zutreffendes abzugewinnen.

»Also, also! In einem Laden für Kurzwaren!«

»Es gab dort Kämme und Bürsten«, erwiderte
Mario ausweichend.

»Sagte ich's nicht, daß du nicht immer ein Ganymed warst, nicht immer mit der Serviette bedient hast? Noch wenn der Cipolla daneben-
haut, tut er's auf vertrauenerweckende Weise.
Sage, hast du Vertrauen zu mir?«

Unbestimmte Bewegung.

»Eine halbe Antwort«, stellte der Cavaliere fest.
»Man gewinnt zweifellos schwer dein Vertrau-
en. Selbst mir, ich sehe es wohl, gelingt das nicht
leicht. Ich bemerke in deinem Gesicht einen Zug
von Verschlossenheit, von Traurigkeit, un tratto
di malinconia... Sage mir doch«, und er ergriff
zuredend Marios Hand, »hast du Kummer?«

»Nossignore!« antwortete dieser rasch und bestimmt.

»Du hast Kummer«, beharrte der Gaukler, diese Bestimmtheit autoritär überbietend. »Das sollte ich nicht sehen? Mach du dem Cipolla etwas weis! Selbstverständlich sind es die Mädchen, ein Mädchen ist es. Du hast Liebeskummer.«

Mario schüttelte lebhaft den Kopf. Gleichzeitig erklang neben uns wieder das brutale Lachen des Giovanotto. Der Cavaliere horchte hin. Seine Augen gingen irgendwo in der Luft umher, aber er hielt dem Lachen das Ohr hin und ließ dann, wie schon ein- oder zweimal während seiner Unterhaltung mit Mario, die Reitpeitsche halb rückwärts gegen sein Zappelkorps pfeifen, damit keiner im Eifer erlahme. Dabei aber wäre sein Partner ihm fast entschlüpft, denn in plötzlichem Aufzucken wandte dieser sich von ihm ab und den Stufen zu. Er war rot um die Augen. Cipolla hielt ihn gerade noch fest.

»Halt da!« sagte er. »Das wäre. Du willst ausreißen, Ganymed, im besten Augenblick oder dicht vor dem besten? Hier geblieben, ich verspreche dir schöne Dinge. Ich verspreche dir, dich von der Grundlosigkeit deines Kummers zu überzeugen. Dieses Mädchen, das du kennst und das auch andere kennen, diese – wie heißt sie gleich? Warte! Ich lese den Namen in deinen Augen, er schwebt mir auf der Zunge, und auch du bist, sehe ich, im Begriffe, ihn auszusprechen...«

»Silvestra!« rief der Giovanotto von unten.

Der Cavaliere verzog keine Miene.

»Gibt es nicht vorlaute Leute?« fragte er, ohne hinunterzublicken, vielmehr wie in ungestörter Zwiesprache mit Mario. »Gibt es nicht überaus vorlaute Hähne, die zur Zeit und Unzeit krähen? Da nimmt er uns den Namen von den Lippen, dir und mir, und glaubt wohl noch, der Eitle, ein besonderes Anrecht auf ihn zu besitzen. Lassen wir ihn! Die Silvestra aber, deine Silvestra, ja, sage einmal, das ist ein Mädchen, was?! Ein wahrer Schatz! Das Herz steht einem still, wenn man sie gehen, atmen, lachen sieht, so reizend ist sie. Und ihre runden Arme, wenn sie wäscht und dabei den Kopf in den Nacken wirft und das Haar aus der Stirn schüttelt! Ein Engel des Paradieses!«

Mario starrte ihn mit vorgeschobenem Kopfe an. Er schien seine Lage und das Publikum vergessen zu haben. Die roten Flecken um seine Augen hatten sich vergrößert und wirkten wie

aufgemalt. Ich habe das selten gesehen. Seine
dicken Lippen standen getrennt.

»Und er macht dir Kummer, dieser Engel«, fuhr
Cipolla fort, »oder vielmehr, du machst dir
Kummer um ihn... Das ist ein Unterschied,
mein Lieber, ein schwerwiegender Unterschied,
glaube mir! In der Liebe gibt es Mißverständ-
nisse, – man kann sagen, daß das Mißverständnis nirgends so sehr zu Hause ist wie hier. Du
wirst meinen, was versteht der Cipolla von der
Liebe, er mit seinem kleinen Leibesschaden?
Irrtum, er versteht gar viel davon, er versteht
sich auf eine umfassende und eindringliche
Weise auf sie, es empfiehlt sich, ihm in ihren
Angelegenheiten Gehör zu schenken! Aber lassen wir den Cipolla, lassen wir ihn ganz aus dem
Spiel, und denken wir nur an Silvestra, deine
reizende Silvestra! Wie? Sie sollte irgendeinem
krähenden Hahn vor dir den Vorzug geben, so
daß er lachen kann und du weinen mußt? Den
Vorzug vor dir, einem so gefühlvollen und sym-
pathischen Burschen? Das ist wenig wahrscheinlich, das ist unmöglich, wir wissen es besser, der Cipolla und sie. Wenn ich mich an ihre
Stelle versetze, siehst du, und die Wahl habe
zwischen so einem geteerten Lümmel, so einem

Salzfisch und Meeresobst – und einem Mario,
einem Ritter der Serviette, der sich unter den
Herrschaften bewegt, der den Fremden ge-
wandt Erfrischungen reicht und mich liebt mit
wahrem, heißem Gefühl, – meiner Treu, so ist
die Entscheidung meinem Herzen nicht schwer
gemacht, so weiß ich wohl, wem ich es schenken
soll, wem ganz allein ich es längst schon errö-
tend geschenkt habe. Es ist Zeit, daß er's sieht
und begreift, mein Erwählter! Es ist Zeit, daß
du mich siehst und erkennst, Mario, mein Lieb-
ster... Sage, wer bin ich?«
Es war greulich, wie der Betrüger sich lieblich
machte, die schiefen Schultern kokett ver-
drehte, die Beutelaugen schmachten ließ und in
süßlichem Lächeln seine splittrigen Zähne
zeigte. Ach, aber was war während seiner ver-
blendenden Worte aus unserem Mario geworden? Es wird mir schwer, es zu sagen, wie es mir
schwer wurde, es zu sehen, denn das war eine
Preisgabe des Innigsten, die öffentliche Ausstel-
lung verzagter und wahnhaft beseligter Leiden-
schaft. Er hielt die Hände vorm Munde gefaltet,
seine Schultern hoben und senkten sich in ge-
waltsamen Atemzügen. Gewiß traute er vor
Glück seinen Augen und Ohren nicht und ver-

gaß eben nur das eine dabei, daß er ihnen wirklich nicht trauen durfte. »Silvestra!« hauchte er
überwältigt, aus tiefster Brust.

»Küsse mich!« sagte der Bucklige. »Glaube,
daß du es darfst! Ich liebe dich. Küsse mich
hierher«, und er wies mit der Spitze des Zeige-
fingers, Hand, Arm und kleinen Finger weg-
spreizend, an seine Wange, nahe dem Mund.
Und Mario neigte sich und küßte ihn.

Es war recht still im Saale geworden. Der
Augenblick war grotesk, ungeheuerlich und
spannend, – der Augenblick von Marios Selig-
keit. Was hörbar wurde in dieser argen Zeit-
spanne, in der alle Beziehungen von Glück und
Illusion sich dem Gefühle aufdrängten, war,
nicht gleich am Anfang, aber sogleich nach der
traurigen und skurrilen Vereinigung von Marios
Lippen mit dem abscheulichen Fleisch, das sich
seiner Zärtlichkeit unterschob, das Lachen des
Giovanotto zu unserer Linken, das sich einzeln
aus der Erwartung löste, brutal, schadenfroh
und dennoch, ich hätte mich sehr täuschen
müssen, nicht ohne einen Unterton und Einschlag von Erbarmen mit so viel verträumtem
Nachteil, nicht ganz ohne das Mitklingen jenes
Rufes »Poveretto!«, den der Zauberer vorhin

für falsch gerichtet erklärt und für sich selbst in Anspruch genommen hatte.

Zugleich aber auch schon, während noch dies Lachen erklang, ließ der oben Geliebkoste unten, neben dem Stuhlbein, die Reitpeitsche pfeifen, und Mario, geweckt, fuhr auf und zurück. Er stand und starrte, hintübergebogenen Leibes, drückte die Hände an seine mißbrauchten Lippen, eine über der anderen, schlug sich dann mit den Knöcheln beider mehrmals gegen die Schläfen, machte kehrt und stürzte, während der Saal applaudierte und Cipolla, die Hände im Schoß gefaltet, mit den Schultern lachte, die Stufen hinunter. Unten, in voller Fahrt, warf er sich mit auseinandergerissenen Beinen herum, schleuderte den Arm empor, und zwei flach schmetternde Detonationen durchschlugen Beifall und Gelächter.

Alsbald trat Lautlosigkeit ein. Selbst die Zappler kamen zur Ruhe und glotzten verblüfft. Cipolla war mit einem Satz vom Stuhle aufgesprungen. Er stand da mit abwehrend seitwärtsgestreckten Armen, als wollte er rufen: »Halt! Still! Alles weg von mir! Was ist das?!«, sackte im nächsten Augenblick mit auf die Brust kugelndem Kopf auf den Sitz zurück und fiel im übernächsten seitlich davon herunter, zu Boden, wo er liegen blieb, reglos, ein durchein- andergeworfenes Bündel Kleider und schiefer Knochen.

Der Tumult war grenzenlos. Damen verbargen in Zuckungen das Gesicht an der Brust ihrer Be- gleiter. Man rief nach einem Arzt, nach der Poli- zei. Man stürmte das Podium. Man warf sich im Gedränge auf Mario, um ihn zu entwaffnen, ihm die kleine, stumpfmetallne, kaum pistolen- förmige Maschinerie zu entwinden, die ihm in der Hand hing, und deren fast nicht vorhande- nen Lauf das Schicksal in so unvorhergesehene und fremde Richtung gelenkt hatte.

Wir nahmen – nun also doch – die Kinder und zogen sie an dem einschreitenden Karabiniere- paar vorüber gegen den Ausgang. »War das auch das Ende?« wollten sie wissen, um sicher- zugehen... »Ja, das war das Ende«, bestätigten wir ihnen. Ein Ende mit Schrecken, ein höchst fatales Ende. Und ein befreiendes Ende den- noch, – ich konnte und kann nicht umhin, es so zu empfinden!

Thomas Mann
**Über mich selbst**
Autobiographische Schriften
Band 12389

Umfassen die Jahre von 1875 bis 1955, Thomas Manns Zeit,
auch eine wahrhaft schicksalhafte Epoche der deutschen
Geschichte, so hatte er doch eine »Abneigung gegen die
Autobiographie« als ein geschlossenes, sein Leben nacher-
zählendes Buch. Er brauchte sie nicht, hat er sich selbst
doch derart in all sein Schreiben eingebracht, daß man bei
ihm mit gutem Recht von einer Identität von Werk und
Person sprechen kann.
Darüber hinaus hat er, wenn der Tag und die Stunde es er-
forderten, bereitwillig Auskunft gegeben über sich selbst,
selten als Skizze seines Lebenslaufs, eher in Form eines
weitgefächerten Vortrags oder Essays, als Erlebnis- oder
Reisebericht, in Vignetten und Episoden von Angehörigen
und Freunden, in Beantwortung von Rundfragen über die
Voraussetzungen für seine Arbeit, über sein Verhältnis zu
Religion, Musik oder zur Psychoanalyse.
Thomas Mann verstand sich zeitlebens als kultureller Re-
präsentant seiner Zeit. Mit seinen Äußerungen über sich
selbst gab er beredtes Zeugnis von der geistigen Lebensform seiner Generation.

Fischer Taschenbuch Verlag

fi 12389 / 1

# Thomas Mann
## Sämtliche Erzählungen

### Der Wille zum Glück
und andere Erzählungen
1893 – 1903
Band 9439

### Schwere Stunde
und andere Erzählungen
1903 – 1912
Band 9440

### Unordnung und frühes Leid
und andere Erzählungen
1919 – 1930
Band 9441

### Die Betrogene
und andere Erzählungen
1940 – 1953
Band 9442

# Fischer Taschenbuch Verlag

fi 666008 / 1

# Thomas Mann

**Buddenbrooks**
Verfall einer Familie
Roman
Band 9431

**Königliche Hoheit**
Roman
Band 9430

**Der Zauberberg**
Roman
Band 9433

**Joseph und seine Brüder**
Roman

**I. Die Geschichten Jaakobs**
Band 9435

**II. Der junge Joseph**
Band 9436

**III. Joseph in Ägypten**
Band 9437

**IV. Joseph, der Ernährer**
Band 9438

**Lotte in Weimar**
Roman
Band 9432

**Doktor Faustus**
Das Leben des deutschen
Tonsetzers
Adrian Leverkühn,
erzählt von einem Freunde
Roman
Band 9428

**Der Erwählte**
Roman
Band 9426

**Bekenntnisse des
Hochstaplers Felix Krull**
Der Memoiren erster Teil
Band 9429

Fischer Taschenbuch Verlag

fi 555 042 / 1

# Thomas Mann
## Ausgaben mit historischen Umschlägen und Illustrationen

**Buddenbrooks**
Verfall einer Familie
Roman
759 Seiten. Gebunden
Einband mit dem geprägten
Motiv der ersten einbändigen
Ausgabe von 1903
Einbandentwurf von
Wilhelm Schulz

**Der Zauberberg**
Roman
1008 Seiten. Gebunden
Mit historischem
Umschlagmotiv

**Bekenntnisse des
Hochstaplers Felix Krull**
Der Memoiren erster Teil
Roman
442 Seiten. Gebunden
Reprint der Erstausgabe
von 1954
Umschlaggestaltung
von Martin Kausche

**Der kleine Herr Friedemann**
78 Seiten. Gebunden
Umschlaggestaltung nach
der Illustration von
Wilhelm Schulz für die
Novellensammlung
»Der kleine Herr Friedemann«,
Berlin, S. Fischer Verlag 1898

**Tonio Kröger**
112 Seiten. Gebunden
Mit dem Umschlagentwurf
und den Illustrationen
von Erich M. Simon aus
»Tonio Kröger«,
Berlin, S. Fischer Verlag 1913

**Herr und Hund**
Ein Idyll
144 Seiten. Gebunden
Mit dem Umschlagentwurf
und den Illustrationen von
Georg W. Rössner aus der
Buchausgabe von 1925

## S. Fischer

fi 666 028 / 1